AF192393

Klabund

Bracke

Ein Eulenspiegelroman

Klabund: Bracke. Ein Eulenspiegelroman

Erstdruck: Berlin (Erich Reiß) 1918.

Neuausgabe mit einer Biographie des Autors
Herausgegeben von Karl-Maria Guth
Berlin 2016

Der Text dieser Ausgabe folgt:
Klabund: Der himmlische Vagant. Eine Auswahl aus dem Werk.
Herausgegeben und mit einem Vorwort von Marianne Kesting, Köln:
Kiepenheuer & Witsch, 1968.

Die Paginierung obiger Ausgabe wird hier als Marginalie zeilengenau
mitgeführt.

Umschlaggestaltung von Thomas Schultz-Overhage unter Verwendung
des Bildes: William Merritt Chase, Der Hofnarr, um 1900

Gesetzt aus der Minion Pro, 11 pt

Verlag: Henricus - Edition Deutsche Klassik GmbH
Mörchinger Str. 33, 14169 Berlin, info@henricus-verlag.de
Druck: Libri Plureos GmbH, Friedensallee 273, 22763 Hamburg

Die Ausgaben der Sammlung Hofenberg basieren auf zuverlässigen
Textgrundlagen. Die Seitenkonkordanz zu anerkannten Studienausgaben
machen Hofenbergtexte auch in wissenschaftlichem Zusammenhang
zitierfähig.

ISBN 978-3-86199-892-1

Bibliografische Information der Deutschen Nationalbibliothek

Die Deutsche Nationalbibliothek verzeichnet diese Publikation in der
Deutschen Nationalbibliografie; detaillierte bibliografische Daten sind
im Internet über www.dnb.de abrufbar.

Wer bist du?

Tritt näher, daß ich dir ins Gesicht sehe. Deine Wangen sind gefurcht, deine Augen verschleiert. Ahnungen hängen dir wie Fransen in die Stirn.

Wo ist dein Wissen? Dein Gewissen? Deine Wissenschaft?

Du weißt nichts.

Du weißt nicht einmal »nichts«. Du weißt nicht das Nichts und nicht das Etwas und nicht und nichts von dir. Heute ergeht der Ruf an dich: mir zu lauschen und mir zu folgen.

Es ist nicht das erstemal, daß ich dich rufe. Erinnerst du dich jener Gewitternacht, als du aus dem Schlafe schrakst und den Blitz aus deinem Auge fahren sahst? Übermüdet warst du: und also schliefest du wieder ein – und vergaßest – dich.

Als du am Grabe deines Weibes standest: einsam im hohen heißen Mittag: fuhr nicht ein Wind durch dich hindurch, als seist du ein Strauch? Und war der Wind nicht mild, und entzückte dich nicht sein Atem, und duftetest du nicht selbst wie eine Magnolie – schaukeltest Blüten und Äste?

Mein Freund, warum vergaßest du dich so sehr? Und warum vergaßest du meiner, der ich dir den Blitz und den Wind und heute das Wort sende?

Jede Stunde, jede Minute, jede Sekunde darfst du beginnen: den neuen Weg, der dich in alle Tiefen, auf alle Höhen führen wird. Gesegnet seist du und begnadet.

Die goldnen Schwestern warten des silbernen Bruders. Der Mammut hat sich aufgemacht, dir den Pfad durch den Urwald zu bahnen. Die Bambushecken knirschen unter seinem stampfenden Hufe.

Glaube meinem Wort.

Liebe die Schwestern.

Hoffe auf den Helfer.

Es ist ein Regen niedergegangen, der hat die Ähren gebeugt, aber sie werden sich wieder aufrichten und werden herrlicher reifen denn je.

Es haben sich Wolken zusammengeballt, die Sonne zu verdunkeln. Die Wolken werden zerreißen, und die Sonne wird strahlen: heller und heißer und holder denn je.

Hier hebt an ein löbliches und nützliches, ein leichtes und schweres, ein lichtes und dunkles Buch: das Buch vom Bruder Bracke.

Frühling lag wie eine rosa Wolke über Trebbin, als der Schnellläufer Bartolomäo, der, wie alle Vaganten und Maulwürfe, den Winter verschlafen hatte, auf einem gescheckten Pferde, auf dem er sich gleich einem berittenen Gestirn funkelnd bewegte, Einzug hielt. Von Kindern und jungen Frauen umstaunt und wie das Licht von Faltern umgaukelt, begab er sich auf das Magistratsbureau, um die Erlaubnis zu seinem Schauspiel einzuholen.

»Wir haben im Mai euresgleichen in Trebbin soviel wie Maikäfer«, schrieb der Bürgermeister; »der Frühling schüttelt euch von den Bäumen. Ihr seid Volksverderber. Das Volk glaubt an eure lächerlichen Sprünge, weil ihr euch ein paar bunte Lappen um den Bauch hängt. Laßt einmal einen Bauernburschen siebenmal um den Markt herumlaufen: sie würden ihn auslachen und ihn für einen Verrückten erklären.«

»Auch sonderbare Menschen wollen leben«, sprühte der Italiener, der sich nicht recht verständlich auszudrücken vermochte. »Sonderbar! Sonderbar!« eiferte der Bürgermeister. »Ihr seid es, der das Volk aus seiner Ruhe bringt. Aufruhr stiftet ihr an und Krieg und Mord und Brand!«

Des Bürgermeisters dicke Backen, flammten.

»Vater!« begütigte seine Tochter, Gattin des Bürgers Bracke und im siebenten Monat schwanger, die dem Italiener aus der ewigen Verwandtschaft des Weibes mit dem Vagabunden geheimnisvoll zulächelte. »Der Fremde ist doch kein Mörder und auch kein Soldat. Er ist ein Künstler. Er hat sogar einen Kunstschein vom Kurfürsten von Brandenburg. Er ist ein Schnellläufer. Ist es nicht ein hoher Genuß und verstärkt es nicht den Glauben an die Menschheit, einen Menschen so schnell laufen zu sehen, wie man selber nie laufen könnte? Und wenn er dabei kuriose Gebärden und Sprünge vollführt: ist er nicht ein Spiegelbild des Genies, erschüttert und erheitert er nicht zugleich?«

Der Italiener hüpfte verständnisvoll zustimmend.

Der Bürgermeister polterte.

»Dummes Geschwätz. Dir haben die Skribenten den Kopf verdreht. Aber mag der welsche Leichtfuß und Springinsfeld auf dem Markte für seine paar Groschen tanzen. Das Volk sorgt schon durch karge Bezahlung, daß die Bäume des Genies nicht in den Himmel wachsen.«

»Das Genie ist kein Baum, sondern ein Vogel oder eine Wolke«, sagte Maria.

Sie erschrak über ihre Worte. Verneinte und vernichtete sie damit nicht ihr und ihres Vaters und aller Trebbiner Werk und Leben?

Der Italiener zog sich mit spiralenförmiger Verbeugung zurück.

Trebbin ist eine kleine Stadt im Märkischen. Kinderspielzeug.

Man erwacht in den winzigen Gassen und meint, Augenaufschlag bedeute: ganze Welt, ganze Sonne, ganzer Mond.

Kiefer ist Traum aller Kiefern. Mutter: Mutter aller Mütter. Auge erblickt den Kirchturm: kahl gewachsen. Baum aus rotem Sandstein. Maikäferflug erscheint, zu Pfingsten unter den Obstbäumen schwirrend. Seiltänzertruppe schwankt auf dünnen Seilen läppisch.

Gleich einem Dachfenster klappt das Auge zusammen, und das Ohr öffnet sich wie ein Scheunentor ererbten Klängen:

Pferdegetrappel an rostiger Karosse. Horn des Nachtwächters im violetten Abend. Brunnengeplätscher unter Sternen. Liebesseufzer hinter schattiger Gardine. Gespräch der Alten über Erde und Himmel, Krieg und Frieden, Braunbier und Speck auf braven Bänken unterm Torgeböge.

Jemand zerrt am Klingelzug der Witwe Murz, städtisch bestallter Hebamme.

Still! Still!

Augen geöffnet und Ohren und Herzen:

Ein Mensch, ein neuer Mensch ist geboren.

Als der Schnelläufer mit seinen Spinnenbeinen, seinem Molchleib, auf dem der Kopf sich im schweren und stoßweisen Atem wie eine Hornisse brummend bewegte, prahlerisch wie ein König und lächerlich wie ein Kasperle um den Markt lief, da wurde die Frau des Bürgers Bracke, die im siebenten Monat schwanger war und aus dem Fenster ihrer Wohnung das Komödienspiel betrachtete, dermaßen von einem Lachkrampf erschüttert, daß sie ohnmächtig hintenübersank und ihr vor Gelächter und Schmerz zuckender Leib zwei Monate zu früh eines Kindes genas, welches, da niemand es für lebensfähig hielt, die Nottaufe empfing, das aber im Gefolge sich kräftiger und stärker erweisen sollte als alle Athleten, alle Bürger Trebbins und manche Herren und Fürsten der Welt und das mit einem Lächeln seiner Augen, einem schiefen Zucken seines Mundes einen Kurfürsten und Kaiser selbst zu Boden zwang.

Furchtsam wie eine Muschel öffnet sich des Bürgers Herz. Aber schon schließt es sich wieder gewaltsam: denn eine bittere Flüssigkeit spritzt aus dem süßen Wasser, darin sie leben, in ihr Gehäus.

Wie unter den eleganten Arkaden der Renaissance aus der himmlischen Luft Italiens die Pest sich nebelhaft plötzlich ballte: wie eine tausendjährige Eiche aus Rache an ihrer stämmigen Beständigkeit plötzlich einen kolbenhaften Auswuchs erzeugt, der ihre Wurzel bedroht: wie aus uralt angesehener Bürgerfamilie, die jahrhundertelang Priester, Geheimräte, Kaufleute, Hofkonditoren und Offiziere züchtete – nachdem Dreck und fremde Stoffe ihr plötzlich ins Blut gedrungen –, mit eins ein fabelhafter Bastard springt: Maler unheimlicher Gemälde, Erfinder teuflischer Töne, himmlischer Musik, Dichter unwahrer Wörtlichkeit: – so war Trebbin eines Tages nicht es selbst. Schwer trächtig an Sturm und Leben nach soviel hundert Jahren Tod und Ruhe, brachte es einen Drachen zur Welt, der es anschnaubte mit grünlichen Dämpfen, darin die Schlechten elend krepieren, die Guten emporblühen sollten: ein Fabelwesen, Kröte und Schmetterling, Storch und Stier zugleich.

Es ist dunkel um mich her, sprach Bracke, als er in seiner Mutter lag, aber ich will zum Licht.

Da gebar sie ihn.

Nun, da er das Licht sah und seine Finsternis, die Wolken, welche Sonne, Mond und Sterne verhüllten, den Nebel, der vor den Augen der Menschen, die Bosheit, die vor ihren Herzen lag – da glaubte er vordem unter seiner Mutter Herz in dunkler Höhe dennoch hell im Hellen gelebt zu haben.

Der Maimond wanderte bleich am Fenster vorüber. Die Maikäfer rasselten leise im Laubwerk der Bäume. Physikus Bracke war zu seinem monatlichen Schoppen in den »Bären« gegangen. Nur einmal im Monat gönnte er sich anderthalb Bier. Sein dürftiges Einkommen gestattete nur diese einmalige Ausschweifung; sein pedantischer Sinn legte der unfreiwilligen Abstinenz sittliche Motive zugrunde.

Die Bürgerin Bracke hatte mit dem Kinde gespielt und selig ihn gerufen: »Bracklein! Brücklein! Brücklein zum Himmel! Regenbogen! Zitronenfalter!«

Sie war müde geworden, und nun atmete das Kind im Schlaf an ihrer Brust.

Unhörbar fast wehten die Flügel der Tür auseinander. Sie rief: »Bracke!« ihren Gatten vermutend. Aber wie sie sich matt emporrichtete, sah sie, daß ein Reigen schöner Frauen, neun an der Zahl, die Kammer betrat.

»Ihr kommt zu später Stunde, Nachbarinnen, mein Wochenbett zu besuchen«, lächelte sie, nun ganz ermuntert, denn sie glaubte in der ersten der Frauen im gelben Zwielicht die Frau des Gerichtsassessors zu erkennen.

»Wir kommen noch immer zur rechten Zeit«, sagte Kalliope, an Antlitz und Gestalt der Frau Gerichtsassessorius gleichend und doch von ihr entfernt durch eigenen Adel der Bewegung und der Sprache.

»Euer Gatte wäre gewiß nicht gut auf uns zu sprechen«, sagte Klio, die zweite, und ihre Sprache tönte dunkel wie das Echo ferner Kriegstrompeten.

»Mich wohl würde er niemals begreifen«, sprach ernst und voll verhaltener Trauer Melpomene, die dritte. Eine kleine silberne Keule trug sie in der rechten Hand. »Ich bringe Euch, Bürgerin Bracke, für Euren Sohn mein Patengeschenk, und danke Euch für Eure Einladung, Pate bei ihm zu stehen.« Damit legte sie die kleine silberne Keule auf die Bettdecke.

Das Kind begann im Traum zu weinen.

»Ich nenne sie Ananke, diese kleine Keule, sie wird Eures Sohnes Hammer sein zum goldenen Amboß: Schmerz und Andacht. Ich habe sie aus Silber gewählt. Meinen früheren Patenkindern mußte das graue Eisen für Hammer und Amboß genügen.«

Die Bürgerin Bracke sah der schönen Frau, welche die Züge der Frau Apotheker trug, erstaunt ins Gesicht. Acht von den neun Frauen schienen ihr Gevatterinnen und Freundinnen und doch in der Dämmerung der Mainacht wunderlich und geisterhaft verwandelt.

Thalia, die lustige Frau des Aktuars, trat vor und lachte. Sie kitzelte das Kind leise mit einer Gänsefeder unterm Kinn. Da lachte es im Schlaf, und auch die Bürgerin Bracke lachte.

Urania, die kleine verwachsene Frau des Küsters, stand am Fenster und betrachtete den Mond und die Sterne. Terpsichore und Erato, die beiden hübschen Töchter des Kaufmannes, die immer Hand in Hand gehen, versuchten einige Pas eines französischen Menuetts.

Euterpe, die kunstfertige Frau des Brauers, hatte ihre holzgeschnitzte Flöte mitgebracht und blies den schönen Schwestern zum Tanz. 30

Da trat die letzte der Frauen, das Antlitz im Schleier verhüllt, ans Bett. Die Bürgerin Bracke erinnerte sich nicht, sie je gesehen zu haben, doch dünkte es sie, als vereine sie Sprache, Kleidung, Gebärde und Tugend aller acht in sich, und als müsse es süß sein, eine solche Freundin zu haben.

Die Verhüllte sprach: »Dein Sohn, Mutter, ist nicht dein Sohn allein: er ist unser aller Sohn: er wird weinen und tanzen, Flöte spielen, lachen und die silberne Keule schwingen lernen. Er wird zu den Gestirnen blicken und auf Kalliopes Tafel die himmlischen Ziffern schreiben, aber am Ende ist er doch mein Sohn, und ob er vielleicht mich nie erkennt: er wird wie ich verhüllt durchs Leben schreiten, und seine wahre Anmut und seine tiefste Weisheit wird wie hinter Schleiern sein.«

»Wie ist Euer Name?« wagte Bürgerin Bracke zu fragen.

»Polyhymnia.«

Die Bürgerin Bracke hörte rumoren auf der Treppe. Furcht schlug ihr ins Angesicht, die Frauen möchten zu so später Stunde ihrem jäh-zornigen Gatten begegnen – da verneigten sie sich stumm und schwebten durch die Tür und an ihrem Manne vorüber, der soeben schimpfend die Kammer betrat.

»Was ist das für ein parfümierter Gestank im Zimmer? Ich werde das Fenster öffnen.«

»Tu es nicht, Mann«, flehte die Frau, »die feuchte Nachtluft ist Gift für Wöchnerinnen.«

Brummend begann der Physikus sich zu entkleiden.

Bracke lächelte.

Da ließ sich ein Schmetterling auf seiner Stirne nieder, vermeinend, daß sie eine Blüte sei.

Bracke weinte.

Da fiel der Himmel in Wehmut.

Unaufhörlich regnete es.

Die Weidenbüsche an den Teichen von Trebbin seufzten. –

Die Mutter brachte ihm einen Ball.

Er spielte.

Er warf ihn so hoch in den Himmel, daß er nicht mehr auf die Erde zurückfiel.

Er kam mit leeren Händen zur Mutter.

Ihr hölzernes Antlitz spaltete sich wie ein Holzblock, in den eine Axt fährt.

»Wo hast du den Ball?«

Bracke wußte es nicht.

Da hob sie die harte Hand und schlug ihn.

Aber sie traf nicht seine Wange, sondern wo ihm der Kopf zu sitzen pflegte, da glänzte ihr, ohne Augen, Mund und Nase: glatt und spielerisch, doch ernst und drohend, der Ball entgegen. Sie erblaßte und wischte sich mit der Hand über die Stirn.

Bracke war sechs Jahre alt, als er eines Tages vor seinen Vater trat und sprach: »Ich will –«

Der Physikus, der vom Schröpfen kam und ein wenig mit Blut bespritzt war, schnaubte sich ärgerlich entsetzt die Nase.

»Was ist das für ein ungehöriger Ton seinem Herrn Vater gegenüber! Was heißt das: Ich will ... ich will. Was will Er?

Wenn sein Wille mit dem meinen korrespondiert, soll sein Wille geschehen.«

Bracke äugte freimütig und sagte klar und deutlich:

»Ich will ein Tier werden.«

Der Physikus zuckte einen Schritt zurück. Er hob die Hand, zauderte, warf die Arme auf den Rücken und begann mit seinen hölzernen Pantoffeln den Steinfußboden des Erdgeschosses zu klopfen.

Bracke lauschte dem Geräusch der klappernden Holzsohlen. Es dünkte ihm von einer dumpf geahnten Gesetzlichkeit und einem harmonischen Rhythmus gleichartig wiederkehrender Töne. Klappert weiter, ihr Sohlen, bis ich Worte zu eurem Geräusch gefunden und Sinn zu eurem Singen.

Er vergaß völlig die Gegenwart seines Vaters. Er dachte: Worte! und begann sinnlos zum Geräusch der Pantoffeln zu schreien: »Hei ... hei ... hei ... hei ...«

Der Physikus blieb stehen.

»Ist Er verrückt? Was brüllt Er so? Er ist doch kein kleines Kind mehr.«

Bracke dachte: Kind: und sah sich unter den Kindern der Straße:
Sand im Gesicht, mit kotigen Füßen und schmieriger Jacke.

»Hör' Er«, sagte der Physikus, »Er ist ein Mensch, ein kleiner Mensch. Weshalb will Er ein Tier werden? Wer hat Ihm diesen gottlosen Unfug eingegeben?«

Bracke streckte seine zur Faust geballte linke Hand vor und öffnete sie.

Auf der Fläche seiner Hand lag eine Schnecke.

»Die habe ich gefunden«, sagte Bracke, »und deshalb will ich ein Tier werden.«

Die Schnecke bog vorsichtig ihre Fühler aus und kroch langsam, weißen Schleim auf der Haut zurücklassend, am Zeigefinger empor.

»Die Schnecke hat ihr Haus immer bei sich«, sagte Bracke, »wenn man ihr weh tut, kriecht sie hinein. Wenn man mir weh tut, habe ich kein Haus.«

Er sah groß und gerade dem Physikus ins Gesicht.

Der errötete vor dem Kinde. Scham ließ seine Knie zittern.

Ich kann dieses Kind nicht lieben. Es ist ein Tuch voll unreinen Wesens. Gott straft mich mit seiner Unbotmäßigkeit.

»Ungeziefer«, bellte er und schlug dem Kind die Schnecke aus der Hand.

Sie fiel auf den Boden. Er zertrat sie knirschend. »Zertretet mich, Herr Vater«, flehte Bracke.

»Besser wäre es vielleicht, ich erschlüge Ihn, ehe Er wie Unkraut hochwuchert und es zu spät ist zum Jäten.«

Bracke saß in der Schule, im Dunkeln halb, auf letzter Bank.

Aus halbem Dunkel träumte er sich ins Dunkel ganz. Eulen kreischten von steinernen Türmen, Raubritter schlichen durch den Forst. Kaufleute jammerten, ihrer Gewürze und Teppiche beraubt. Ein blasses Kind, ihm selbst nicht unähnlich, entfloh und versank im Sumpf.

Der Lehrer, krumm und kantig, schrie wie falsche Töne auf der Orgel, wenn man danebengreift:

»Bracke, dreimal eins ist –?«

»Eins«, sagte Bracke, aus dem Dunkel ins Grelle gerissen.

»Falsch«, sagte der Lehrer, »du träumst.«

»Ist Gott nicht drei: Vater, Sohn und Heiliger Geist – dreimal eines – und doch eins?«

33

Der Lehrer krümmte sich tiefer – wie ein Kater, der einen Buckel macht: »Was in der Religion richtig, das ist im Rechnen und in der Mathematik falsch. Setz dich einen Platz herunter, Bracke.«

Soldaten des Kurfürsten marschierten unter ihrem Hauptmann Eustachius von Schlieben mit Trommeln und Flöten durch Trebbin. Sie sahen in ihren bunten Wämsen aus – wie Perlhühner und Fasanen und krähten und gackerten wie Hähne und Enteriche.

Bracke lief neben dem Falben des Hauptmanns.

Der hob ihn zu sich aufs Pferd:

»Wer bist du, Kleiner?«

»Ein Mensch wie du«, sagte Bracke.

»Aber ohne Helm, Panzer und Schwert«, lächelte der Hauptmann.

»Aber mit Kopf, Herz und Händen«, lächelte Bracke. Der Hauptmann ließ ihn sanft wieder vom Pferde gleiten.

»Ich will mir deinen Namen merken, kleiner Mensch. Vielleicht, daß ich statt eines Soldaten einmal eines Menschen bedarf.«

Bracke traf einen Juden auf der Straße, der Katzenfelle kaufte.

Kinder und Halberwachsene kamen mit weißen, schwarzen und gesprenkelten Katzenfellen, die noch von frischem Blute trieften.

Bracke schrie.

Er lief durch die holprigen Gassen: leise, eilfertig. Überall, wo er eine Katze sah, sprach er ihr leise ins Ohr: »Lauf, Katze, flink aufs Feld! Kehre sobald nicht zurück! Der Katzentod ist in der Stadt und trägt einen schwarzen, wehenden Kaftan. Er hat einen spitzen Bart, einen Sack über den Schultern und riecht nach Zwiebeln.«

Die Katzen rieben sich schnurrend an seinen Beinen, wehten mit dem Schwanz wie mit einer Fahne und entsprangen: dankbar ihn begreifend.

Der Physikus brach den lateinischen und griechischen Unterricht, den er Bracke gegeben, plötzlich ab.

»Was hast du?« fragte seine Frau. »Willst du einen Dummkopf aus ihm machen?«

Der Physikus klopfte an die Fensterscheibe.

»Leider ist er kein ehrlicher Dummkopf, sondern ein unehrlicher Philosoph, so klein er ist. Er glaubt, er sei klüger als ich. Erweist sich von dem unerträglichen Wahn seiner kleinen Größe und Bedeutsamkeit besessen. Ein zehnjähriges Kind – und will mich lehren, Virgil zu begreifen. Ich habe kein Geld, dieses kindliche Monstrum studieren zu lassen. Woher nehmen, wenn nicht stehlen. Stehlen? Er, glaube ich, wäre zum Diebstahl fähig. Er hat keine moralischen Qualitäten.« – »Mann«, sagte die Frau, die furchtsam lauschte, »die sollst du ihn doch lehren.«

»Papperlapapp. Man *ist* tugendsam oder nicht. Das Kind ist vom Teufel besessen. Du hast dich in deiner Schwangerschaft an dem fahrenden Volk, das damals Trebbin verpestete, versehen. Er ist nicht mein Kind. Er ist das Kind eines Schnellläufers und Seiltänzers. Er muß in strenge Zucht kommen. Er muß ein ehrenwertes Handwerk lernen. Mag er Brauer oder Stellmacher oder Metzger werden.«

»Metzger! Mann!« entsetzte sich die Frau. »Er kann kein Tier töten! Keine Pflanze aus dem Boden reißen!« – »Um so schlimmer, so wird er auch das Tier in sich nicht töten.« – Die Frau weinte.

»Warum darf er kein Gelehrter werden? Er ist klüger als alle seine Altersgenossen, und seine Augen sind die eines erwachsenen Mannes: groß und leidenschaftlich und wie Pfeile nach einem Ziele gerichtet.«

»Nimm ihn auf deine Reise nach Berlin zu deiner Verwandtschaft mit. Er soll die große Stadt sehen. Entweder sie erfüllt ihn mit Ekel und gibt ihm die Würde seines Menschentums zurück, oder er wird sich an ihrem Bildnis zugrunde richten.«

Die Bürgerin Bracke erzählte morgens, wenn ihr Mann auf Krankenbesuchen war, dem kleinen Bracke von der großen Stadt.

»Da wohnen in einer Gasse soviel Menschen wie hier in ganz Trebbin. Sie tragen modische Kleider, lederne Schuhe und weißgepuderte, elegante Perücken. Sie essen den ganzen Tag Tauben und Fischragout und gebratene Krammetsvögel und junge Saatkrähen und trinken die feinsten und teuersten Ungar- und Spanierweine dazu. Sie reiten durch die Straßen auf glänzenden Pferden und schwenken die Federhüte vor den schön wandelnden Frauen. Musik erschallt aus den Häusern und munteres Lachen der Kinder vom Bad am Fluß. Ich denke«, die Bürgerin Bracke seufzte, »die Menschen sind dort glücklicher als hier. Ich habe die schönsten Tage meiner Kindheit und Jugend in Berlin verlebt.«

Bracke saß mit brennenden Wangen da.

»Mutter«, sagte er, »laß uns nach Berlin gehen.«

35

Unter strömendem Regen fuhr die Postkutsche in Berlin ein. Bracke fror.

Er hustete, und seine Augen waren entzündet.

Er mußte zu Bett gebracht werden und lag wochenlang krank. Das, dachte er, ist nun das Glück. Das ist Berlin, die Stadt der Buden und Karusselle, der funkelnden Herren und rauschenden Damen!

»Mein kleiner Freund«, sagte der Medikus, der täglich an sein Krankenlager kam, »nur nicht den Kopf verlieren. Eine kleine Lungenentzündung ist doch nicht das Schlimmste im Leben. Bedenke Er, wenn sein Hirn entzündet wäre und Wahnsinn und Verbrechen gebäre! Er hat einen klugen und klaren Kopf, und wenn Ihm auch der Besuch in Berlin verregnet, vereitert und vereitelt ist, bedenke Er, daß Er einmal etwas darstellen muß im Leben und daß Er einmal etwas Exzellentes prästieren soll. Darauf muß sein Trachten gehen, aber nicht auf einen Sonnentag, einen Sonntag mehr oder weniger.«

Ohne viel mehr als nasse Straßen und mißmutige Menschen gesehen und den gleichförmigen Tropfenfall des Regens gehört zu haben, kehrte Bracke mit seiner Mutter nach Trebbin zurück. –

Eines Tages entdeckte ihn seine Mutter auf dem Schutt- und Abfallhaufen hinter dem Hause bei der Regentonne im Gebet versunken. Und sie hörte ihn beten zu Gott, daß Gott ihn möge einst etwas Exzellentes prästieren lassen.

Da ging sie leise und abgewandt in das Haus, setzte sich auf die Küchenbank, faltete ruhig und wie erlöst die Hände im Schoß.

»Mutter«, sprach Bracke, »erzähle mir ein Märchen!« Und die Mutter erzählte: »Es war eines heidnischen Königs Tochter; das ist viele Jahrhunderte her, und ihren Namen weiß niemand mehr. Die war von großer Schönheit, Sanftmut und Klugheit und wurde von einem heidnischen Fürsten zur Ehe begehrt. Sie aber hatte sich insgeheim Jesus Christus versprochen und wies das Ansinnen des Fürsten zurück. Darob erzürnte ihr Vater und ließ sie in ein finsteres und feuchtes Gefängnis zu Ratten, Würmern, Schlangen und Molchen werfen. Da geschah es, daß selbst die bösen Tiere gut zu ihr waren. Sie teilte mit den Ratten schwesterlich das Brot, die ihr zu Dank wie kleine Hunde ihren Schlaf behüteten. Die Schlangen, die sie aus ihrer Schale tränkte, spielten am Tage listig und lustig mit ihr. Einmal ging das Tor, und Christus selber trat herfür. Er streichelte ihre Wangen und tröstete sie.

Sie aber bat ihn, daß er ihr eine Gestalt möge verleihen, darin sie niemand mehr gefiele denn ihm allein, damit sie keinerlei Anfechtungen mehr ausgesetzt sei unter den Menschen. Da hob Christus die Hand, segnete sie und verwandelte sie in ein häßliches, affenähnliches Geschöpf. Als ihr Vater, der heidnische König, sie also sah, erschrak er heftig und machte eine Gebärde des tiefsten Abscheus. ›Dies‹, sprach er, ›ist nicht meine schöne und kluge und sanfte Tochter. Dies ist ein schmutziges und abscheuliches Tier.‹ Sie jedoch lobpreiste den Herrn und sprach: ›Ich war Eure Tochter und bin es nicht mehr, da ich mich dem gekreuzigten Gott versprochen habe.‹ Da sprach der heidnische König: ›So sollst auch du gekreuzigt werden wie dein Gott.‹ – Und seine Häscher ergriffen sie, und sie wurde gekreuzigt wie einst der Heiland. Wer sie aber anruft in Bedrängnis und Not, dem wird geholfen alsobald. Und da ihr Name, der ein heidnischer war, längst vergessen wurde, so rufe in deiner Kümmernis nur nach Sankt Kümmernis. Die Heilige weiß alsdann, daß sie gemeint ist.«

³⁷

Es lebte in der Stadt ein italienischer Conte namens Gaspuzzi; der war aus Mailand gebürtig und viele Jahre alt, die niemand zu zählen vermochte.

Er hauste in einem ärmlichen Zimmer des Gasthauses zum Stern; darin war nichts als ein Bett, eine Bank, ein Stuhl und ein Kleiderhaken; im Winter aber wehte eine solche Kälte in seiner Kammer, daß er wohl wochenlang im Bett blieb, denn das Zimmer besaß keinen Ofen.

Man hatte den Conte nie weder essen noch trinken sehen, und wunderliche Gerüchte gingen über ihn um. Es hieß, daß er von der Musik lebe, denn überall, wo Musik zu hören war, sei es in der Kirche das Orgelspiel oder das Dudelsackpfeifen der Komödianten, war der Conte anzutreffen und stand, den Kopf leicht seitwärts geneigt und lauschte. Da er aber vermögenslos und zu arm war, ein musikalisches Instrument zu besitzen, hatte er sich unbeholfene Zeichnungen von Instrumenten verfertigt, die hingen nun an den kahlen Wänden seines Zimmers: da hingen Bratsche, Flöte, Zimbel, Orgel, Handharmonika und Dudelsack.

Er aber hatte viele Notenblätter italienischer Musik, weltliche und kirchliche, die verstand er ganz ohne Vermittlung eines Instrumentes zu hören, und las sie, in seinem Bette spitz zusammengekauert, verzückt mit den Händen taktierend.

Als der Conte Bracke zum erstenmal begegnete, da trat er auf ihn zu und sprach: »Bleibe stehen!«

Und der Knabe stand.

Da neigte er den Kopf und lauschte wie einem Musikstück.

Dann sprach er: »Du hast einen sonderbaren Ton in dir. Du bist nicht wie andere Menschen. Du singst. Laß hören«, und er legte sein Ohr an des Knaben Brust und horchte wie in einen Brunnen hinein.

Er schnellte den Kopf in die Höhe:

»Moll und Dur widerstreiten. Die Skala deiner Töne ist groß. Nicht überspannen! Ach! Nun lächelst du! Wie süß das klingt.«

Der Physikus trommelte mit seinen harten Knöcheln auf den Tisch. Die Augen waren ihm hervorgequollen wie zwei Frösche.

»Er hat mein Haus in Unehre gebracht. Er hat mit dem Schinder und Abdecker gesprochen. Bereut Er seine Sünde?«

»Nein«, sagte Bracke.

Der Physikus bebte.

Seine Frau lief ängstlich wie eine Ente auf und ab. »Wird er mir gehorchen und künftig einen weiten Bogen um Henker, Hexe und Schinder schlagen?

Wird Er das Kreuz machen, wenn Er ihnen unvermutet begegnet?«

»Ich werde Euch nicht gehorchen, auch wenn Ihr mein Vater seid«, sagte Bracke. »Auch der Schinder ist ein Mensch. Die Menschen haben ihn dazu verurteilt, Schinder zu sein, und eine Bürde ihm auferlegt, die selbst zu tragen sie sich schämen. Zu feige sind sie, ihre Feigheit zu gestehen. Man muß Gott mehr gehorchen als den Menschen.«

»Ich werde Ihn Mores lehren!« schrie der Physikus. Er sprang vom Stuhle auf und schwang die Hundepeitsche. Die Frau verbarg ihr Gesicht in den Händen.

»Aus dem Haus!« brüllte der Physikus und peitschte Bracke zur Tür.

Bracke setzte sich in den Schatten eines Baumes. Der Schatten legte sich über ihn wie eine Decke.

Da bedachte Bracke und sprach: »Schatten – bist du der Sonne Feind?«

Der Schatten sprach: »Wie sollte ich ihr Feind sein – da ich durch sie erst bin.«

Bracke streifte durch die Wälder.

Er sammelte Pilze und Kräuter.

Eines Tages sah er, wie ein Eichhörnchen, das im Begriffe war, ein Schwalbennest auszunehmen, von zwei Schwalben angegriffen wurde, die es dermaßen bedrängten, daß es zerzaust und zerstochen sein Heil in der Flucht suchte.

»Du bist ungerecht«, sagte das Eichhörnchen zu Bracke, der den Kampf beobachtet hatte, »steht nicht geschrieben, daß man dem Schwachen helfen soll? Und bin ich nicht der Schwache?«

»Aber du bist als der Stärkere ausgezogen«, sagte Bracke.

Das Eichhörnchen sprang von dannen.

39

Bracke begab sich zu einem Uhren- und Brillenmacher in die Lehre.

Da sah er durch mancherlei optische Instrumente die Welt bald riesengroß, bald zwergenklein.

An den Uhren arbeitend, ziselierend und bastelnd, gelang es, die Zeit stillestehen zu lassen oder, durch Korrektur der Räderwerks das Tempo beschleunigend, in Tagen Jahre dahinzusausen. Plötzlich, den Zeiger verlangsamend, in die Vergangenheit zu entgleiten.

So ward er bei dem Uhren- und Brillenmacher vieler Dinge kundig und sann, indem er die Zeiten regelte und die Stunden klingen ließ, auf Zukunft, Gegenwart, Vergangenheit und alle Ewigkeiten. Und rief an Markttagen seine Uhren aus und pries sie Städtern und Bauern an:

Uhren, Uhren zu verkaufen!
Viele Zeiten,
Alle Zeiten,
Hunderttausend Ewigkeiten
Sind schon wieder abgelaufen –
Horch: am Sims der Frühlingswind –
Und der Sturm
Um den Turm
Endet Winters Leid und Streit –
Es beginnt
Eine neue Zeit!
Möchte nicht ein jeder wissen,
Was es hoch vom Baum geschlagen –
Frühlingswolken wehn wie Flocken –
Sind die Knospen ausgeschlagen,
Klingen bald die Blütenglocken –

Uhren kann der Mensch nicht missen,
Laubumwunden,
Die die Stunden
Und – sogar die Wahrheit sagen –
Uhren, Uhren, Kreaturen,
Gottesuhren –
40
In uns allen tackt und tickt es,
Gottes Uhrwerk – uns beglückt es –
Strömt im Baum der Saft,
Schwillt in Flut des Meeres Kraft,
Ziehn die Sterne ihre Runden,
Schlägt das Herz die roten Stunden,
Bis das Werk einst abgelaufen –
Grinsend höhnen die Lemuren:
Uhren, Uhren,
Uhren, Uhren zu verkaufen!

Als Bracke in einem Jahre ausgelernt und sein Gesellenstück: eine Standuhr, deren Räderwerk einen Seiltänzer in Bewegung setzte, verfertigt hatte, begab er sich auf die Wanderschaft.

Er traf eine Schlange, die vor ihm des Weges zog.

»Wohin gehst du?« fragte er die Schlange.

»In der Richtung meines Kopfes.«

»Da gehen wir zusammen.«

»Gewiß nicht«, sagte die Schlange, »denn du gehst in der Richtung *deines* Kopfes und ich in der Richtung *meines* Kopfes – oder haben wir denselben Kopf?«

Auf Tannen hatten die Prozessionsraupen ihre Nester errichtet. Nachts krochen sie die Bäume herab, in langer Prozession, zu fressen.

Bracke sah sie, wie sie zu Tausenden blind der ersten Blinden folgten, die dennoch den Weg wieder in ihr Nest zurückfand. So sind wir Menschen, dachte Bracke. Blind wanken wir durch die Wehmut der Welt. Der am wenigsten Blinde ist unser Führer. Wir müssen dem Himmel danken, wenn wir nur dies erkennen – und uns seiner Führung anvertrauen.

Bracke betrat eine Kirche.

Er sah ein Mädchen sich vom Beichtstuhl erheben und von dannen schleichen.

Er setzte sich in den Beichtstuhl, da fühlte er alsbald eine Hand über seine Wange streichen, und die Stimme des Priesters flüsterte: »Liebes Mädchen – wann kommst du wieder beichten? Morgen?« 41

Als aber der Priester plötzlich den Anflug von Bart in den Fingerspitzen spürte, schrie er leise auf:

»Mädchen – was ist mit dir?«

»Ich bin der Teufel«, sagte Bracke, »gekommen, dich in die Hölle zu holen für deine böse Tat und die Verderbnis deiner Sitten.«

Der Priester wimmerte: »Wie kann ich mich retten vor deiner Rache?«

»Wisse«, sagte Bracke, »daß jegliches Mädchen, das dir zu beichten in deinen Beichtstuhl tritt, ich bin, immer ich, der Teufel. Welcher Gestalt sie auch sei: jung oder alt, hübsch oder häßlich, schlank oder feist. Wage niemals mehr, dich einem Mädchen (das heißt: mir) unzüchtig zu nahen, sonst bist du mir ganz und gar verfallen, mir, dem Teufel, du Teuflischer.«

Zitternd schwur der Priester Besserung.

Auf diese Weise rettete Bracke die Frauen vor den Gelüsten des unsauberen Pfaffen.

Derselbe Jude, der Katzenfelle gekauft hatte, kam in eine märkische Stadt, alte Münzen zu kaufen: gute, alte, märkische Groschen, die man Märker nennt.

Bracke traf ihn und sprach: »Komm mit mir, Jud!«

Und der Jude sprach: »Hast du Geld?«

Bracke spreizte die Finger.

»Ich weiß eine geheime Stelle, wo Tausende alter Märker liegen – und von den allerbesten und wertvollsten.«

Der Jude schwankte.

»Laß sehen, laß sehen – ich verspreche dir, wenn du die Wahrheit redest, einen richtigen Esel, darauf zu reiten.«

Bracke schritt voran.

Der Jude folgte. Sein Kaftan wölbte sich unter den Stößen des Windes.

Und Bracke führte ihn durch die Pappelallee auf den Kirchhof und öffnete das Beinhaus.

»Hier liegen die allerbesten Märker – bessere, als du sie je jetzt finden wirst ...«

Brackes Augen flammten: zwei Monde.

Bracke nahm ein Mädchen mit sich zu Bett. Am Morgen, da er bei ihr lag und sie ihm ihr grünliches Gesicht zuwandte, erschrak er.

Er stützte den Kopf auf das Fensterbrett und blickte ins Morgenrot: Ich hätte gleich mit einer Greisin schlafen gehen sollen – so wäre mir dies erspart geblieben.

Bracke kasteite sich: er legte sich des Nachts, da es Winter war, draußen in den Schnee.

Denn er fürchtete, daß er das Mädchen zu sehr liebe. Am Morgen aber erwachte er in wohliger Wärme.

Da lag das Mädchen über ihm und hatte ihn die ganze Nacht im Schnee mit ihrem Leibe zugedeckt.

Er erhob sich und wanderte von ihr, weil er ihre Liebe nicht ertrug.

»Ich bin's nicht wert«, knirschte er und knarrte mit den Zähnen.

Die Tränen stürzten ihm über die Wangen, als er von ihr ging. Sie aber blieb versteinert für alle Zeiten auf dem Marktplatz stehen: eine Brunnenfigur, aus deren Brüsten ewig das Wasser der Tränen springt, die sie aus den Augen in ihr Herz zurückgedrängt.

Bracke beschloß, sich als Kaufmann zu versuchen. Er reiste ins Land Mecklenburg und kaufte dort zweihundert Ziegen und Böcke und trieb sie auf den Laurentiusmarkt nach Jüterbog.

Er wurde aber unterwegs von adligen Schnapphähnen angefallen, die mit den eisernen Schnäbeln nach ihm stießen und ihn aller seiner Geißen und Böcke bis auf einen alten Bock beraubten.

Diesen alten Bock an einer Leine wie einen Hund hinter sich her führend, kehrte er nach Trebbin zurück, das seine Eltern vor einem halben Jahre verlassen hatten, um nach Striegau im Schlesischen überzusiedeln, wo der alte Physikus gestorben und eine bessere Einnahme für Bürger Bracke zu gewärtigen war.

In Trebbin empfing man Bracke mit den neuesten Neuigkeiten: daß das Schießhaus auf dem Graben nach der Spree zu abgebrochen und vors Steintor gesetzt – daß im Juni ein Maurergeselle Samuel Klopsch bei Abputzung des Simses an des Eustachii Möllers Stadtmusizi Hause am Markt drei Etagen hoch heruntergefallen und beim Leben geblieben, daß er nach wie vor arbeiten kann – daß ein Bauernweib sechs lebendige Kinder zur Welt gebracht – und was dergleichen Sonderbarkeiten mehr sind. Auch sei der König von Polen den 27. Juli mit drei Wagen durch Trebbin passiert, und die größte Merkwürdigkeit stehe noch bevor, indem der moskowitische Zar, der am 18. September mit fünf Wagen durch Trebbin nach Dresden gegangen sei, in den ersten Tagen des November nach Trebbin zurückkehren werde. Zu seinem Empfang reite ihm der brandenburgische Kurfürst morgen bis Trebbin entgegen.

In der Stadt herrschte große Aufregung, als wolle man das Königsschießen feiern. Fahnen hingen aus den Häusern in brandenburgischen und russischen Farben, und die Türen der Gasthäuser waren mit Tannenreisern umkränzt. Denn die Ansage, daß der moskowitische Zar zwei Tage in Trebbin verweilen werde, hatte viele Fremde und Neugierige herbeigelockt.

Bracke schlenderte beschaulich durch die Gassen, begrüßte Bekannte und gelangte am Abend auf den Salzplatz, wo es wie auf einem Jahrmarkt zuging.

Bier- und Branntweinwirte hatten ihre Zelte aufgeschlagen, auf einem holprigen Tanzboden drehten sich unter des Himmels sternbesäter Decke junge Paare, daneben gab es allerlei Schaubuden, in denen eine Blutsauger – Vampirfamilie, das Rad der Welt, ein Bär, Ratten, so groß wie Hunde, ein chinesischer Mensch, ein türkischer Feuerfresser und dergleichen mehr zu sehen war. Nachdem Bracke hier und da einen Blick hineingetan, blieb er vor einer Bude stehen, auf deren Schild in roten Lettern leuchtete:

Nadya, die schönste Tänzerin der Welt – Tanzpoesey. Dieses Wort: Tanzpoesey, das er vorher noch nie gehört, gefiel ihm nun sehr, und obgleich die Ausruferin, eine dicke, in einem silbernen Panzer flimmernde Person, wenig Vertrauen erweckte, gab er seinen Batzen und trat hinter den schmutzigen Vorhang. Ein mittelmäßiger Musikus spielte als Introduktion einen fremdländischen Kriegsmarsch. Außer Bracke harrten etwa noch zwei Dutzend Zuschauer, darunter einige vornehme junge Leute, Söhne angesehener Bürger, der Vorführung. Dieselben vergnügten sich damit, aus einem mitgebrachten Kruge Wasser in den Mund zu nehmen und sich damit gegenseitig zu bespeien.

Die Musik schlug ein geschwinderes Tempo an, das bald in einen rasenden Galopp überging, eine mißtönige Glocke erscholl, und plötzlich und ohne daß man gewußt hätte, woher sie gekommen, wirbelte in dem Schaurund in der Mitte ein schwarzes, mit hellgrünen Bändern geschmücktes Gewand, aus dem ein blaßgelber Kopf aufsprang und wieder verschwand, zwei bleiche Arme ruckweise wie Blitze durch den Raum zuckten.

Die Musik verlangsamte den Rhythmus, die Bewegungen der Tänzerin wurden lieblicher, sinnlich bezwingender. Erst jetzt erkannte man ihre blassen, weißen Gesichtszüge, das mahagonibraune Haar, die kindliche Schlankheit ihrer Figur, die tödliche Zartheit ihrer Hände – und als sie, wie es der Kriegstanz, den sie getanzt hatte, erforderte, den rechten Arm steif wie ein Schwert erhob und ein Dolch zwischen ihren Fingern blitzte, da war nicht einer im Publikum, der nicht unter ihren Händen hätte sterben mögen.

»Ihr Körper singt«, flüsterte eine Stimme neben Bracke, die er schon einmal gehört zu haben glaubte.

Er sah um sich und erblickte den Conte Gaspuzzi, wie er, den Kopf leicht seitwärts geneigt, lauschte.

Der Tanz übermannte ihn so, daß er aus der Bude, wie aller Kräfte beraubt, in die kühle Nacht taumelte, aber erst auf weiten Umwegen in das »Gasthaus zum Stern«, wo er logierte, zurückkehrte.

Er ging die hölzernen, mit Sägemehl bestreuten Treppen empor und klinkte an einer Tür.

Er blickte verwundert auf.

Er sah sich im Zimmer des Conte Gaspuzzi.

Ein Licht flackerte in der Zugluft und warf wunderliche Schatten über die imaginären Bratschen, Flöten und Zimbeln an den weißen Wänden.

Der Conte kauerte, ein Kissen im Rücken, spitz in seinem Bett, hatte auf seinen Knien allerlei Notenblätter ausgebreitet und taktierte mit seinen Händen verzückt ein unsichtbares Orchester. Bracke drückte leise die Tür wieder hinter sich zu.

Er brachte die Nacht kein Lid zu.

Er ging in den Stall und legte sich zu seinem Ziegenbock, der ihn meckernd begrüßte.

Bracke hatte den folgenden Tag für nichts Interesse, ob der Kurfürst kam und der moskowitische Zar, es ließ ihn gleichgültig.

Mit unbeugsamer Gewalt zog es ihn zur Tänzerin auf dem Salzplatz.

Er fand sie am Morgen draußen, an den Wagen der Vaganten gelehnt.

Ihre Blicke schweiften über die Spree.

Als sie seine zögernden Schritte hörte, wandte sie sich vorsichtig um und lächelte.

Er trat wie selbstverständlich heran, fragte nicht erst, ob sie sich etwa seiner erinnere oder überhaupt erinnern könne, und gab ihr die Hand. Hätte ihn auch nicht verstanden. Es sprach keines die Sprache des andern. Sie war Russin. Sie nahm seine Hand, hielt sie einen Augenblick in der ihren und drehte sie plötzlich um, daß der Handteller nach oben lag. Darauf beugte sie ihr blasses, zärtliches Gesicht darüber und versuchte angestrengt mit ihren blauschwarzen Blicken zu lesen. Sie las sein Schicksal.

Als sie ihr Gesicht erhob, ihn dünkte, es wären inzwischen Jahre vergangen, sah sie ihm noch einmal in die Augen, lächelte traurig und schüttelte den Kopf.

Als der Kurfürst mit großem Gefolge von Trebbin nach Berlin zurückritt, begegnete er auf der Straße Bracke, der durch sonderbares Gewand und Gebaren die Aufmerksamkeit des Fürsten erregte: er führte seinen Ziegenbock an der Schnur wie ein Hund bei sich und trug einen Talar, wie ein Pfaffe, spitze, rote Schnabelschuhe wie ein Tänzer bei Hofe und auf dem Kopfe einen Soldatenhelm.

Der Kurfürst hielt seinen Rappen an und sprach: »Heda, guter Freund, was stellt Er denn dar in seiner Kleidung? Ist Er ein Schalk?«

Bracke schielte verdrießlich zu ihm empor:

»Mitnichten, Herr, sondern ich bin das Heilige Römische Reich Deutscher Nation.«

»Das sollte mir wohl gehorchen«, sagte der Kurfürst, »folgt mir. Ich gestatte Euch, mein Wappen in Eurem Kleide zu führen.«

Und Bracke folgte ihm an den Hof nach Berlin.

Der Kurfürst sprach: »Du verstehst mit der Feder umzugehen?«

Bracke nickte mit dem Kopf.

»So schreib mir einige deiner Weisheiten auf!«

Und Bracke brachte ihm ein kleines Buch, darin war zu lesen:

1. Ein hohes Alter zu erreichen.

Wer möchte nicht ein hohes Alter erreichen in Gesundheit des Leibes und der Seele, mit 90 Jahren noch Kinder zeugen, sich selbst und der Menschheit zu Nutz und Freude? – Man gehe in den Eichwald und wähle einen alten, großen, noch frischen Eichbaum. Im Herbst, um das Äquinoktium, grabe man das Erdreich um die Wurzeln auf und bohre in die Wurzel an verschiedenen Orten Löcher. In die Löcher schlage man Zapfen, und an die Zapfen kitte man Krüge, daß nichts Unreines von außen hineingelange. Danach wirft man das Loch wieder zu und lässet's bis an den Frühling. Im Frühling gräbt man wieder nach und findet die Krüge voll Eichensaft. Der Baum stirbt von dem Aderlaß, der Mensch aber nehme jeden Morgen auf den nüchternen Magen einen Löffel des rektifizierten Eichensaftes, so wird er das Wunder an sich erleben, wie des Baumes Kraft und Stärke in ihn übergeht. Denn der ausgesogene Baum hat dem Menschen sein Leben überlassen.

2. Von dem unsichtbar machenden Rabenstein.

Man nehme einen Vogelkäfig und steige damit auf einen Baum, wo ein Rabennest mit jungen Raben ist. Man nehme einen jungen Raben und hänge ihn darein wie der Henker einen Galgenstrick, so, daß die Alten nicht dazukönnen. Sonst würden sie ihn zerreißen und in ihren eigenen Mägen begraben, denn die lebenden Raben können keinen toten Raben leiden. Wenn die alten Raben den jungen so kläglich gehenkt sehen wie einen Verbrecher, so erheben sie zuerst ein klägliches Geschrei, danach fliegen sie von dannen und kommen mit einem schwarzen Stein im Schnabel zurück, den sie dem toten Raben durch das Käfiggitter in den Sterz bohren, wodurch der tote Rabe sofort in seine Elemente aufgelöst und unsichtbar wird. Auf dem Boden des Käfigs findet man dann den unsichtbar machenden Rabenstein vor, die Schlinge aber ist leer und das Rabenaas verschwunden. Der Rabenstein macht den Menschen, der ihn trägt, unsichtbar.

3. Einen Feigling zu einem Helden machen.

Einem feigen Menschen gebe man, ohne daß er es merkt, Löwenmilch zu trinken, so wird seine Tapferkeit und sein Blutdurst keine Grenzen kennen. Man hüte sich, ihm zuviel davon einzuflößen, da er ansonst zu einem Vampir werden könnte, der jungen, sittsamen, bleichsüchtigen Mädchen nachts das Blut aus der Kehle saugt. In früheren Zeiten hatten wohl manche Pharmazien eine Löwin im Stall, die stets frische Milch gab. Denn die Nachfrage nach Löwenmilch war in kriegerischen Epochen eine äußerst rege. Heute sind wir friedlicher geworden, und nur ausnahmsweise dürfte man eine derartig equipierte Apotheke antreffen.

4. Von den mit Blut genetzten Kugeln.

Wer einen grimmen Feind um die Ecke bringen will, tut gut, um ganz sicher zu gehen, daß er die ihm bestimmte Kugel mit seinem eigenen Blute netzt, bevor er sie in den Lauf schiebt. Diese Kugel trifft unfehlbar und wird im Leib des Erschossenen nicht gefunden, so daß sein Tod vom Chirurgen als an innerer, rätselhafter Verblutung erfolgt definiert werden wird.

5. Wie man sich zu einer bestimmten Stunde aus dem Schlaf wecken kann.

Nimm soviel Lorbeerblätter, als Stunden du schlafen willst, tue solche in ein seidenes Tuch, das eine Nacht in der Achselhöhle einer Jungfrau lag, binde dir das Säckchen auf der rechten Schläfe fest und lege dich auf die linke Seite schlafen, so erwachst du um die gewollte Zeit gewiß.

6. Wenn einem Menschen eine Schlange in den Leib gekrochen ist.

In schlangenreichen Gegenden pflegt es vorzukommen, daß einem Menschen, mittags zum Beispiel, wenn er beim Heuen einschläft, eine Schlange in den Leib kriecht, die oft nur der Vortrab böser Geister ist. Dem von der Schlange Befallenen setze man eine Schüssel kuhwarmer Milch vor, so wird die Schlange, vom Duft der Milch verführt, ihm aus dem Munde kriechen und sich in die Milch begeben. Worauf man sie töten oder auch zähmen kann. Eine gezähmte Schlange ist zu mancherlei nutze. Die indischen Fakire wissen ihr Lob zu singen. Eine gezähmte Kreuzotter ist anhänglicher und zuverlässiger als ein Hündlein, sofern man sie stets in seinem Banne hält. Sie begleitet einen überall hin, und man kann sie auch dazu bringen, den Marktkorb oder Spazierstock zu tragen.

7. Das beste Mittel gegen Mäuse.

Man fange ein Dutzend oder mehr lebendiger Mäuse, tue sie in einen Käfig und gebe ihnen nichts zu fressen. Der Hunger wird sie antreiben, einander gegenseitig aufzufressen. Die stärkste wird Meister und allein übrigbleiben. Man lasse sie frei. Es wird ihr nichts mehr schmecken als Mäusefleisch, und sie wird als Mauswolf unter ihren Artgenossen fürchterlich wüten und ihrer mehr töten als die eifrigste Katze.

8. Das beste Mittel, wilde Pferde zu zähmen.

Aus einem Eisen, damit einer umgebracht, lasse man Hufeisen schmieden und beschlage das wilde Pferd damit. Es wird fromm, folgsam und sittig daherschreiten.

9. Magische Kur wider das Fieber.

Wenn einer das Fieber hat und alle Mittel sind schon vergeblich angewandt, so soll man dem Patienten an Händen und Füßen die Nägel abschneiden, in ein Tuch tun und einem lebendigen Bachkrebs auf den Rücken binden und den Krebs wieder in ein fließendes Wasser werfen. Es hilft.

10. Sympathetische Geburtsbeförderung.

Frühling und Herbst schälen die Schlangen ihre Haut ab. Eine solche abgestreifte Haut einer Gebärenden um die Lenden gebunden, befördert die Geburt. Auch die abgestreifte Haut eines Aales tut gute Dienste. Es darf aber kein Spickaal sein.

11. Ein Mädchen keusch zu erhalten.

Ein Mädchen mit moralischen Ratschlägen keusch zu erhalten: das probiere der Teufel. Viel besser ist folgendes Mittel: Hat man eine jungfräuliche Tochter, so nehme man das Herz einer Turteltaube und nähe es in ein Stück Fuchsfell. Dieses Amulett, bei sich getragen, läßt keine Unkeuschheit zu.

12. Wie man die Hexen erkennen kann.

Wenn man von einer Totenbahre, in der eine Kindsbetterin im ersten Kindbett mit einem einäugigen Knaben starb, ein Stück haben kann, in dem ein Ast ist und den Ast ausstößt: so sieht und erkennt man alle Hexen durch dieses Loch. Wer einen solchen zauberischen Ast hat, hüte sich vor der Verfolgung der Hexen. Sie werden ihm manchen Streich spielen. Der Bräutigam, der vor der Hochzeit durch dieses Astloch seine Braut betrachtet, wird erkennen, ob er es mit einer Hexe zu tun hat, und sich danach verhalten. Eine Hexe zu ehelichen, kann zwar Geld und Gut, sonst aber nur Unglück bringen.

Der Kurfürst beschied Bracke vor sich:
»Bist du ein Heiliger oder ein Narr?«
Bracke verzerrte das Gesicht.
»Wäre ich ein Heiliger, es ständen nicht soviel Galgen in Eurem Kurfürstentum. Wäre ich ein Narr, ich würde Euch das nicht ins Gesicht sagen.«
Der Kurfürst biß sich auf die Lippen.
»Er hat Mut.«
Bracke sprach:
»Nur gerade soviel, um die Wahrheit zu sagen: daß hohe Herren oft sehr niedere Herren sind.«
Der Kurfürst sah durch das große Fenster.
»Er will den Menschen helfen?«
Bracke stöhnte.
»Ich versuche es, Herr … sie sind meine Gefährten und nächsten Verwandten in dieser Wildnis. Wäre ich ein Tier, so hülfe ich den Tieren. Wäre ich eine Eiche, ich böte mich dem Efeu dienend dar. Als Muschel wüchse Moos auf mir.«
Der Kurfürst schenkte Bracke fünfzig Taler.
Als er durch das Schloßportal kam, saß dort ein altes, zahnloses Weib, das ihn Tagedieb und Nichtsnutz schalt.
Da gab er ihr fünf Taler.
Da begann sie sein Lob zu singen.
Da schenkte er ihr weitere fünf Taler und bat sie, ihn wieder zu schelten, weil er es nicht anders verdiene.

Bracke kehrte im »Bernauischen Keller« im köllnischen Rathause ein und traf den Juden, dem er schon oft begegnet war, und einen Landsknecht und würfelte mit ihnen.

Es dauerte nicht lange, so hatte er seine vierzig Taler verloren.

Da trat ein schönes Mädchen durch die Tür, lange Haare hingen ihr blond herab, ihr abgehärmtes Gesicht zeigte unaussprechliche Armut und Anmut. Ihr Gewand war dürftig und vielfach geflickt.

Die Flamme des Spanes, der in einem eisernen Ring an der Wand flackerte, stand still.

War es jenes Mädchen, das einst im Schnee bei ihm geruht?

War es Nadya, die schönste Tänzerin der Welt?

Der Landsknecht ließ den Würfelbecher sinken, der Wirt sperrte am Schenktisch den Mund auf, und alle starrten die Erscheinung an.

Das Mädchen begann zu singen.

Dem Juden zog's die Tränendrüsen zusammen.

Er schlich sich hinaus.

Der Landsknecht folgte brummend.

Bracke blieb allein im Zimmer.

Er führte das Mädchen an den Tisch, gab ihr Speise und Trank, und als sie sich zum Abschied wandte, küßte er ihr die nackten, schmutzigen Wanderfüße.

»Ich bin«, sprach das Mädchen, »Innocentia! Vergiß meinen Namen nicht und laß einen Ton meiner Melodie immer um dich sein!«

Bracke seufzte, und der Seufzer ging in einen Schrei über: »O Sancta Kümmernis! Sancta Kümmernis!«

»Woher stammt Er?« fragte der Kurfürst.

Aus Trebbin an der Spree, nicht weit von der Stelle, da Ihr mich aufgelesen habt. Wenn sich in Berlin ein Mädchen in der Spree ersäuft, das ein reicher, vornehmer Herr bei Hofe in Schande gebracht hat, so wird sie einen Tag drauf in Trebbin angeschwemmt.«

»Was ist sein Handwerk?« fragte der Kurfürst.

»Ich bin Brillenmacher.«

»Floriert sein Gewerbe?«

»Meine Hauptkundschaft, Herr, sind die armen Leute, die schlecht zahlen. Sie brauchen soviel Brillen und Vergrößerungsgläser, um in den Brotkrumen, die sie zu fressen haben, Brotlaibe zu sehen. Sie sind gehalten, statt durch den Magen durch die Augen satt zu werden.«

»Und die vornehmen Herren, die gut zahlen – brauchen keine Brillen?«

»Nein«, sagte Bracke, »die Fürsten und Grafen sehen ihrem eigenen Gesindel alles durch die Finger, so daß sie keiner Brille bedürfen. Sie sprechen Recht aus ihrem beschränkten und herrischen Kopf, anstatt die Pandekten zu studieren, so daß sie zum Lesen ebenfalls keine Brille nötig haben.

»Er soll mir eine Brille anfertigen.«

»Herr, eine rosenrote, nicht wahr? Denn Ihr wollt die Welt rosenrot im Morgen- und Abendrot sehen.« – »Mach' Er mir eine schwarze Brille«, der Kurfürst verfinsterte sich, »ich will von dieser Welt bald nichts mehr wissen.«

Bracke erhob die Stirn.

»Weil sie von Euch so wenig wissen will?«

Chorin hieß ein Kloster in der Nähe von Berlin. Darin lebten neun Nonnen, die musen- und tugendhaft genannt waren: Kalliope, die Güte; Klio, die Vorsicht; Melpomene, die Frömmigkeit; Thalia, die Freigebigkeit; Urania, die Mäßigkeit; Terpsichore, die Liebe; Erato, die Keuschheit; Euterpe, die Sanftmut; die Oberin aber war Polyhymnia, die Weisheit. Urania amtete als Küchenmeisterin, Thalia als Pförtnerin.

Eines Tages pochte Bracke zweiflerisch an das Tor des Klosters. Er wurde lieblich aufgenommen; Thalia wies ihm ein Zimmer im Laienflügel, Urania trug zu essen und zu trinken auf. Nach der Mahlzeit setzten sich alle neun Nonnen in ihren strengen faltigen Gewändern wie Holzstatuen zu ihm an den Tisch, und Polyhymnia, das Antlitz im Schleier verhüllt, sprach im Namen des Konvikts:

»Wir sind Euch gutgesinnt.«

»Edle Frau«, sprach Bracke, »ich schreite, wie Ihr, verhüllt durchs Leben, und meine wahre Armut und meine tiefste Weisheit ist wie hinter Schleiern.«

Am nächsten Morgen weckte man ihn früh mit Choral und erbaulichen Gesängen und lud ihn in die Messe.

Es zeigte sich aber, daß Bracke aller Güte gegenüber mißtrauisch blieb, indem er behauptete, daß die musischen Tugenden gar keine wirklichen Nonnen, sondern nur Sinnbilder, silberne Allegorien seien, und daß es unmöglich derart vollkommene Wesen (insbesondere Frauen) geben könne.

Da er nun am dritten Tage aufwachte – wie erstaunte er, als er den Schlaf aus den Wimpern rieb.

Er lag auf Moos in einer alten Klosterruine.

Der Tau netzte seine Wangen.

Ihn fröstelte.

Von den Nonnen war nichts mehr zu erblicken, und traurig wanderte Bracke heim, gewitzt und bereit, künftig das Gute zu *glauben,* damit es bestehen bleibe und nicht in eine Ruine verfalle wie dieses Kloster: in welcherlei Gestalt es ihm auch entgegentrete, und sei es selbst in der Gestalt von Nonnen.

Es wurde in Trebbin ein junger Mensch zum Galgen geführt, der war von einer außerordentlichen Schönheit. Lang wehten ihm seine blonden Locken herab. Seine Augen glänzten melancholisch blau wie ein Waldteich unter Kiefern. Seine zarten Hände aber hatten den Morgenstern geschwungen, damit er zwei reichen reisenden Kaufleuten den Schädel eingeschlagen und sie ihrer Güter beraubt hatte.

Die Weiber weinten, als sie ihn, einen jungen Gott, zum Galgen geführt sahen.

Die Jünglinge dachten: Dies ist die Ungerechtigkeit der Welt, daß heldische Jugend gehängt wird.

Und auch unter den Männern war mancher, der, vom Anblick des Jünglings bezwungen, dachte: Ist denn niemand, der ihn vom Galgen losbittet?

Es kam aber eine Kavalkade von adligen Rittern des Weges – deren Führer zügelte den Rappen und sprach:

»Wir wollen für den jungen Menschen bitten und Lösegeld leisten. Sagt aber zuerst, was er getan.«

Da trat der Henkersknecht hervor und sprach:

»Herr – er überfiel reisende Kaufleute und schlug ihnen den Schädel ein ...«

Da winkte der Reiter resigniert ab.

»Hängt ihn denn – zum Teufel, er tat, was nur dem Adel zu tun geziemt. An den Galgen mit ihm.«

Und also galoppierten sie von dannen.

Bracke, der solches gehört, sammelte eine Handvoll Bauern mit Sensen und Dreschflegeln.

Sie setzten der Kavalkade nach, schnitten ihr den Weg ab und fingen den Reiter, der also gesprochen, und hingen ihn neben den schönen Jüngling an den Galgen. Es war der Anführer der Bande, die Bracke einst der Ziegen beraubt hatte.

Wegen des Femgerichts an dem Raubritter wurde Bracke zum Kurfürsten nach Berlin gerufen.

Der erhob sich fett aus dem Söller gegen ihn wie ein kollernder Truthahn.

»Ich bin es, der in meinen Staaten Recht spricht, versteht Er? Weshalb kommt Er nicht zu mir, wenn Ihn der Schuh drückt!« – »Eben weil Ihr Recht sprecht«, entgegnete unerschrocken Bracke.

»Und –?«

»Und nicht recht handelt ...«

Bracke sah dem Kurfürsten offen ins irrlichternde Auge. Der räusperte sich erregt.

Und schritt an den Schreibtisch.

Schrieb.

Siegelte.

»Bring' Er dies Schreiben dem Hauptmann Eustachius von Schlieben, wenn Er wieder nach Trebbin zurückkehrt.«

Bracke war entlassen.

Im Tiergarten öffnete er den Brief, den er dem Hauptmann zu übergeben hatte.

Er enthielt sein Todesurteil, sofort zu vollstrecken, wegen Mordes an einem Adligen und Beleidigung der Majestät.

Bracke pfiff zwischen die Zähne.

Er warf den Brief in die Spree und ging in den »Bernauischen Keller«, einen Schoppen zu genehmigen.

Am siebenten Tag darauf ritt der Kurfürst nach Trebbin.

Er sprang vom Pferde und fragte Eustachius von Schlieben, der ihm die Bügel hielt, wie Bracke ihm den Brief ausgerichtet und ob dem Befehl Genüge getan.

Der Hauptmann erstaunte.

»Welcher Brief? und welcher Befehl?«

Der Kurfürst schnaubte ärgerlich durch die Nase:

»So lebt dieser Bracke noch?«

Der Hauptmann lächelte:

»Gewiß. – Er repariert die große Standuhr im Saal. Soll ich ihn rufen lassen?«

Der Kurfürst zischte:

»Laßt ihn holen!«

Bracke kam langsam herbei, eine Zange in der Hand. »Der Herr Kurfürst wünschen?«

Der Kurfürst packte seinen Degenknauf, der ein bäuerliches Liebespaar in Umarmung darstellte.

»Er hat meinen Brief dem Herrn Hauptmann nicht übergeben?«

»Welchen Brief?«

»Den ich ihm vor sieben Tagen einhändigte?«

Bracke besann sich.

»Der Herr Kurfürst möge verzeihen: ich hatte noch einige Tage in Berlin zu tun, und da ich meinte, der Brief könne sich sonst verspäten, warf ich ihn in die Spree, auf daß er ganz gewiß noch vor mir nach Trebbin komme. Ich müßte mich sehr verwundern, wenn er noch nicht eingetroffen wäre.«

Da lachte der Kurfürst schallend, der Hauptmann lachte, das Gefolge lachte, die Reisigen lachten, daß die Rüstungen klapperten wie das Geschirr in der Küche. Es lachte die versammelte Bürgerschaft. Die Pferde selbst wieherten fröhlich. Es lachten Mann und Frau und Kind. Und mit eins erscholl ein Gelächter im ganzen märkischen Lande.

Bracke ging an einer Tischlerwerkstatt vorüber. Da sah er einen in Schwarz, Gold und Silber gebeizten Sarg zum Trocknen stehen.

Er legte sich in den Sarg und entschlief.

Am Abend kamen die Gesellen, fanden ihn im Sarge schlafen, und einer schlug ihn auf die Schulter und sprach:

»Heda, guter Freund, so schnell und ohne Bezahlung des Sarges stirbt es sich nicht.«

Da stand Bracke auf und sprach:

»Mir gingen die Augen über vor Müdigkeit. Überdrüssig dieses lauen Lebens, legte ich mich in den Sarg und meinte zu sterben. Nichts für ungut, ihr Wunderlichen.«

Da sagte einer der Knechte:

»Du nennst uns Wunderliche? Wir sind so wunderlich nicht als du.«

Bracke kaute die Worte zwischen den Zähnen wie Grashalme:

»Ich lebe wie alle übrigen Menschen vom Leben. Aber ihr – lebt ihr nicht vom Tode? Und ist dies nicht wunderlich?«

Und ging.

Bracke gelangte mit seiner Ziege eines Tages nach Sewekow, einem Dorfe in der Nähe von Wittstock.

Er ging mit der Ziege in das Gasthaus, band sie an ein Stuhlbein und setzte sich zu Trunk und Mahlzeit nieder.

Aus der Tasche zog er ein Psalmenbuch, darin zu lesen. Es war soeben der Pfarrer von Sewekow gestorben. Die Bauern saßen in ihrer Trauerkleidung in der Schenke beim Trauerschoppen. Als sie nun Bracke am Nebentisch in einem geistlichen Buche lesen sahen, kam einer auf den Gedanken und sprach:

»Laßt uns den Fremdling fragen, welchen Berufes er sei.«

Und es trat der Schulze, ein wenig vom Trauerwein schwankend, auf Bracke zu und sprach:

»Wer seid Ihr, Herr, und was ist Euer Beruf? Wir sehen Euch in einem geistlichen Buche lesen. Uns ist soeben unser geistlicher Hirt verschieden.«

Bracke sah von den Psalmen auf:

»Ich bin der Gehilfe dieses Herrn –«

Und er verwies auf die Ziege neben sich.

Der Schulze meinte nicht recht gehört zu haben: »Wie?« – »Ich bin der Gehilfe dieses geistlichen Herrn ... der ein rechtgläubiger Priester ist. – Sprecht ein Wort, geistlicher Herr!« wandte sich Bracke an den Ziegenbock.

Der erhob den behaarten Kopf und meckerte.

»Er spricht Lateinisch«, sagte Bracke, »und darum versteht Ihr ihn wohl nicht.«

Der Schulze, in seiner Trunkenheit, taumelte an den Tisch der Bauern zurück und erzählte, daß dort ein geistlicher Herr mit seinem Adlatus sitze, und ob man ihn nicht vielleicht zu einer Probepredigt auf morgen früh einladen solle –; vielleicht, daß man auf billige Weise zu einem Pfaffen käme.

Den Bauern war dies recht, und der Schulze ersuchte Bracke und seinen Herrn um eine Probepredigt am nächsten Morgen. Am nächsten Morgen stand Bracke selbst in geistlichem Ornat auf der Kanzel und predigte:

»Ein Mensch ist des andern Teufel und betrügt ihn.

Ihr Hurensöhne! Dreck, von einer darmkranken Kuh entfallen.

Ihr Schänder des göttlichen Menschenangesichts. Selbst ein Ziegenbock wäre zu schade als geistlicher Herr für euch – Verrottete und Verrohte, Versoffene und Verhurte. Sucht euch unter den Ratten und Wanzen einen Prediger.«

57 Und entwich durch eine Seitenpforte.

Es ist in der Mark Brandenburg Sitte, zur Fastnacht ein Schwein zu schlachten.

Obgleich Bracke nun kein Schwein zu schlachten hatte, richtete er dennoch den Kessel her, goß Wasser darein, zündete ein Feuer an und ließ es sieden.

Er schickte auch zum Metzger, mit der Bitte, er möchte ihm ein Schwein schlachten.

Zum Kurfürsten nach Berlin aber hatte er einen Boten gesandt, ob der Kurfürst sich ihm nicht erkenntlich zeigen wolle für manches gute Wort, das er ihm gesagt, für manchen ehrlichen Rat, den er ihm gegeben. – Er erbitte sich devotest von ihm zur Fastnacht ein Schwein.

In der Erwartung des kurfürstlichen Schweines stand Bracke am Zaun und lugte nach der Rückkehr des Boten aus.

Dieser traf dann auch pünktlich zu Fastenmittag ein: mit einer uralten stadtbekannten Berliner Vettel.

Hier sei das erbetene Schwein zur Fastnacht – lasse der Kurfürst sagen. Der Metzger, der sein Messer schon geschliffen hatte, blökte wie ein Kalb. Der Bote lachte. Bracke aber nahm die alte Hure liebreich bei der Hand. Er hieß sie sich nackt ausziehen und danach in den Kessel steigen, den er durch Zuschütten auf eine erträgliche Temperatur brachte.

Er badete sie darin wie ein Kind und redete gute Worte zu ihr. Danach sandte er den Boten zur Apotheke, Salbe und Schminke und Pomade zu holen, salbte und ölte sie wie eine himmlische Jungfrau und legte sich mit der alten Hure zu Bett.

Denn er gedachte Gutes an ihr zu tun, da sie zu Schimpf und Schande nach ihm ausgesandt.

Der Kurfürst, der von Brackes Tat erfuhr und wie man seinen Streich parierte, ward auf das heftigste beschämt.

Als man das kurfürstliche Beilager rüstete und die junge Kurfürstin neben den Kurfürsten legte, lähmte ihn an ihren Blicken und Gebärden ein Geringes derart, daß er unfähig war, sie zu berühren.

Es entsetzte ihn, daß die schönste Frau, seinen Sinnen zu eigen gegeben, ihm nicht gehören werde. Daß ihr zarter Zauber, ihre ewige Grazie, ihre reine Größe ihm unerschließbar, sein Verlangen danach ihm unerfüllbar bleiben solle.

Die Lippen halb geöffnet, die Wimpern gesenkt, schlief das schöne achtzehnjährige Geschöpf neben ihm.

Er erhob sich, schlich in die Hauskapelle und opferte mit Weihrauch und Gewürzen dem Priapus. Dann kehrte er zurück; aber da er sich über die Kurfürstin neigte, die erwacht war und ihn mit der Klarheit ihres Auges und Gemütes betrachtete, verschlug es ihm die Begierde, daß er ihre Hände ergriff und seinen Kopf darin versenkte.

Dann stürzte er in ein Nebengemach, befahl eine Dirne zu rufen und vergnügte sich mit ihr bis in den trüben Morgen.

Als der Kurfürst mit den Bürgern von Berlin und Kölln nach dem Vogel schoß, waren auch Eustachius von Schlieben und Bracke zugegen.

Man hatte schon eine Weile geschossen, und der Vogel stand vor dem Abschuß, als der Kurfürst Bracke aufforderte, für ihn einen Schuß zu tun.

Bracke hob die Armbrust, zielte in die Wolken und schoß.

Ein Sperling fiel durchbohrt zu Boden.

Der Kurfürst runzelte die Stirn.

»Ist das der Vogel, den du schießen solltest?«

Bracke senkte die Armbrust.

»Nein, gnädigster Herr, es ist mein hoch hinschwebendes Herz, das ich herabschoß. Und nun blute ich.«

»Du schwätzest. Du solltest für mich einen Schuß tun und den hölzernen Vogel herabschießen.«

Da legte Bracke die Armbrust auf den Kurfürsten an und schrie:

»Du Mann mit den Habichtaugen und mit der Geiernase: siehst du nicht, was du für ein Vogel bist: ein grausamer: über uns Tauben und Hühner vom Schicksal gesetzt, um uns zu zerfleischen? Frissest unser Fleisch, trinkst unser Blut, bespringst unsere Töchter. Wäre es nicht gerecht, wenn ich dich zu deinen dunklen Brüdern in die Finsternis schickte, damit du jenseits erkennen lernst, wie sehr du hier gefehlt – so sehr, wie ich nie fehlen würde: schöß ich jetzt den Bolzen ab.«

Der Kurfürst erstarrte.

Irr flogen Brackes Augen durch die Luft.

Er setzte mit einem Ruck die Armbrust an, schoß, und der hölzerne Vogel fiel.

Beifall vom entfernten Volk, das die nahe Szene nicht durchschaute, belohnte ihn klatschend.

Der Kurfürst, für den Bracke den Schuß getan, wurde zum Schützenkönig ausgerufen.

Jeden Heiligabend schritt Bracke durch den Forst. Denn um diese Zeit war der heilige Hirsch zu sehen, der Kerzen trug auf seinem Geweih, blaue und rote und goldene Sterne.

Er ist aber das einzige Tier, das in der Weihnacht aufrecht durch den Wald schreitet: die Rehe, die Eber und Wildschweine, die Hasen, Eichhörnchen und Kaninchen: sie alle knien unbeweglich die ganze Nacht im Schnee oder Moos und blicken zum Heiligen Geist auf, der ihnen vom Geweih des schreitenden Hirsches mit Erkenntnis, Hoheit und Güte leuchtet.

Als Bracke in der Silvesternacht zufällig um zwölf Uhr in den Pferdestall seines Herrn, des Hauptmanns von Schlieben, trat, um seine Notdurft zu befriedigen – denn es war draußen bitter kalt –, hörte er, wie zwei Pferde sich miteinander besprachen.

Er schlüpfte hinter eine Krippe und lauschte unbeweglich.

»Wir werden in drei Tagen hart zu schleppen bekommen«, wieherte der braune Hengst.

»Es zieht sich mir das Herz zusammen, wenn ich dran denke«, sprach die schwarze Stute.

»Er war ein guter Herr« – sagte der Hengst.

»Schlug selten mit der Peitsche, gebrauchte wenig die Sporen«, sprach die Stute.

»Jahrelang noch, so wünsch ich's mir, ihn zur Jagd zu führen«, wieherte der Hengst.

»Und in drei Tagen werden wir ihn auf den Kirchhof tragen«, sprach die Stute.

»Der Weg ist steil«, sagte der Hengst.

»Und der Sarg ist schwer«, sprach die Stute.

Darauf schwiegen die Tiere.

Bracke erschrak im Innersten.

Er trat am nächsten Tag vor Eustachius von Schlieben und sprach: »Herr, in der Silvesternacht reden die Tiere.« – »Nun – und was haben sie dir offenbart?« lächelte Eustachius von Schlieben.

»Herr – wenn Euch Euer Leben lieb ist –, bleibt von heute drei Tage im Haus, in Eurer Kammer, rührt Euch nicht vom Fleck – so wird Euch nichts geschehen.«

Der Hauptmann, dem der ernste Ton in der Sprache Brackes nicht entging, fuhr aus dem Sessel auf: »Was ist?«

Bracke sprach:

»Ich kann es Euch nicht sagen. Ich täusche mich vielleicht. Ja: hoffentlich. Ich habe ein feines Ohr. Ich höre den Nachtwind bei Tage. Tut, worum ich Euch bat.«

Der Hauptmann schüttelte den Kopf, aber er tat, was Bracke ihm geraten.

Nachdenklich sah der Hauptmann zum Fenster hinaus. Auf dem Hofe vergnügten sich Mägde und Knechte mit Schneeballwerfen.

Er öffnete das Fenster – ah – die kühle Winterluft tat wohl nach zwei Tagen Stubenhocken. – – –

Freundlich betrachtete er den ungleichen Kampf.

Schon war die Partei der Mägde am Unterliegen.

Die Burschen kamen ihnen ganz nah.

Ihr heißer Atem durchschnob mit silbernen Flügeln die gläserne Luft.

Da flog, von ungeschickter Hand geworfen, ein eisharter Schneeball hinauf gegen das Fenster, wo Eustachius von Schlieben lehnte, und traf ihn mit aller Wucht mitten in die Stirn. Er sank in den Erker hinab zu Boden, tot.

Der Kurfürst erschien, einen Trauerflor um den Helm, zum Begräbnis seines Hauptmanns.

Der braune Hengst und die schwarze Stute zogen den Leichenwagen, den Bracke kutschierte.

Auf einer kahlen Linde sang, trotz des Januar, eine Nachtigall.

Als Bracke an das Grab trat, dem Toten die drei Handvoll Erde nachzuwerfen, schossen ihm Tränen über die Wangen.

Hier starb ein guter Mann – wie wenig gute bleiben noch am Leben.

Wo Brackes Tränen auf die Erde fielen, da schmolz der Schnee, und Primeln blühten.

Die pflückte sich Grieta, die Tochter des Klempners, und steckte sie sich an das Mieder.

Bracke saß im Wintersonnenschein vor seiner Stube; da kam Grieta des Weges, ihre schwarzer, windischen Augen auf ihn werfend.

Die dunklen Zöpfe schlug sie über die Schulter zurück und trat heran:
»Guten Tag, Bracke.«

»Guten Tag, Jungfrau.«

»Ich liebe die schönen Männer nicht, Bracke, sie sind voll böser Absicht und lauern dem Laster auf.«

Bracke lächelte:

»Ich bin kein schöner Mann –«

»Ich liebe die glatten Gesichter nicht und die glatten Redensarten. Sie lügen.«

Bracke lächelte:

»Mein Gesicht ist rauh. Und Stoppeln zieren mein Kinn.«

Grieta sah ihm ins Angesicht:

»Ihr seid ein *guter* Mensch, Bracke. Der beste Mensch, den ich kenne. Ich vergesse alles, meine Scham, so sehr liebe ich Euch und trage Euch meine Hand an. Wollt Ihr mich heiraten?«

Bracke legte den Uhrmacherhammer aus der Hand.

Er ergriff ihre beiden Hände und sagte:

»Ich bin ein Narr. Wollt Ihr denn meine Närrin werden?«

»Ja«, rief Grieta glückselig, »ja, Eure Närrin, Euer Weib, Eure Mutter, Euer Kind – alles, was Ihr wollt ...«

Sankt Peter ging mit seiner Geige über Land und spielte auf den Dörfern und Städten in den Schenken sonntags, am Tag des Herrn, zum Tanze auf.

So kam er auch einmal nach Trebbin in das »Gasthaus zum Stern«.

Dort feierte Bracke eben seine Hochzeit mit Grieta, der Tochter des Klempners Buchenau, der aus dem Hessischen ins Märkische zugewandert war.

Es traf sich nun, daß der Stadtmusikant unpäßlich war, weil er den Abend vorher zuviel gesoffen, und daß also das Fest ohne Musik und

Tanz vor sich ging, zum großen Kummer Brackes, seines Weibes und seiner Gäste, darunter des Conte Gaspuzzi.

Bracke dachte hin und her, wie er Musik herbeischaffe, er dachte an die heilige Cäcilie, wie sie so trefflich Harfe spiele, und an den heiligen Johannes, der mit der Orgel wie ein Küster vertraut – da trat verstaubt und beschmutzt Sankt Peter durch die Tür und bot freundlich sein Grüß Gott.

Voller Freude sprang alles ihm entgegen, die Knaben hängten sich an seinen Mantel, und die losen Mädchen zupften ihn an dem hübsch vom himmlischen Barbier gestutzten Bart.

Und Grieta, im Myrtenkranz, sprach:

»Lieber Mann! Bitte, spiel uns zum Tanz! Denn was ist eine Hochzeit ohne Tanz? Spielt nicht auch im Himmel Sankt Peter mit seiner Geige den Engeln auf?«

Das gefiel nun Sankt Peter, daß sein Name so freundlich genannt wurde, und er hob die Geige und spielte nie gehörte himmlische Weisen, daß den Leuten die Augen übergingen vor Freudentränen.

Der Conte Gaspuzzi aber schluchzte aus tiefstem Herzen, und es drohte ihm die Brust zu zersprengen.

Als einziges Paar tanzte Bracke mit seiner jungen Frau.

Sie schwebten unhörbar über den mit Sand bestreuten Fußboden, daß jeder, der sie ansah, meinte, sie tanzten auf Wolken. Als Sankt Peter zu Ende gespielt und den Bogen abgesetzt, rief alles: »Vergelt's Gott!« Und man lud ihn zu Schmaus und Trank.

Da hockte nun Sankt Peter zwischen Bracke und seiner jungen Frau und hatte seine Lust am menschlichen Treiben. Und als er Frau Grieta, die schwarzhaarig neben ihm saß (denn ihre Mutter war eine Wendin aus dem Spreewald), so recht betrachtet hatte, da seufzte er und sprach:

»Warum bin ich kein Mensch mehr? Um einer solchen Frau willen wollte ich alle Engel Engel sein lassen.«

Tröstete sich aber mit dem guten Trebbiner Bier, davon er manchen Humpen an die Lippen führte und wacker Bescheid tat – nach links und nach rechts.

Spät nachts ging er über die Milchstraße heim und kam erst um fünf Uhr früh an den Himmel, als Gabriel schon die Türschwelle fegte, Rafael die letzten Sterne hereinholte und Magdalena eben die Morgensuppe kochte. Da neckte er die heilige Magdalena und sprach:

63

»Magdalena, ich weiß einen Engel, der aber kein Engel ist, der ist schöner als du ...«

Dies wollte nun die eitle Magdalena nicht wahrhaben und fragte, wo es denn diesen schönen Engel, der kein Engel und also doch auch nicht schön sei, gäbe.

Da zeigte Sankt Peter hinab auf die Erde in die Hochzeitskammer Brackes, wo das junge Ehepaar Arm in Arm schlief, und die ersten Strahlen der Morgensonne liefen wie kleine weiße Käfer über ihre Gesichter.

Küsse mich mit deinen Traubenlippen!
  Du vom Herrn und von vielen Frauen Gesalbter!
  Duft dein Name: sprich ihn in mich hinein!
  Reiß mich empor zu dir und laß uns stürzen hernieder auf dein Bett.
  Ich juble und trinke deine Liebe, die süßer denn süßester Wein.
  Gerecht nur bin ich, wenn ich, die Niedere, den Hohen liebe.

Ich bin dunkel, aber ich leuchte, ihr Mädchen Jerusalems.
  Ich, Hütte Kadors! Teppich Salomos!
  Wendet euer Auge: Ich bin so dunkel, weil mich das Licht verbrannt hat.

Meiner Mutter Söhne ziehn die Stirnen kraus. Sie gaben Befehl: Hüte unsere Weinberge – Ach, ich vergaß, den meinen zu hüten ...

Du, den ich innen liebe wie außen:
  Wo weilest du in der Mittagsglut?
  Muß ich dich suchen von Freund zu Freunden?
  Schönste Frau, folge den Spuren der Schafe. Und weide dein junges Getier bei den Hütten der Hirten.

Geliebte, ich vergleiche dich dem weißen Pferde an Pharaos Wagen.
  Über deine Wangen hängen Ketten, Perlen um deinen Hals.
  Zum Goldschmied gehe ich: eine Kette aus goldenen Tränen bestellen.

Wendet der König sich zu mir: ich erblühe und dufte.
  Er ist wie Myrrhen, das zwischen meinen Brüsten hängt.
  Er ist mir Blüte und Rebe des Weinstocks zu Engede.

Schön bist du, Freundin, schön: deine Augen schwirren:
Tauber und Taube!

Schön bist du, mein Freund, schön bist du. Dein Antlitz Frühling.
Unser Bett sproßt.
Unseres Palastes Balken sind Zedern und die Decke aus Zypressen.

Am Tage nach seiner Hochzeit fand man zwei junge Mädchen aus Trebbin aneinandergebunden ertränkt in der Spree auf.

»Was bin ich für ein Mensch«, brüllte Bracke. »Ein Trunkenbold der Tugend! Notzüchter der Gesinnung! Was ist an mir, daß schöne, schuldlose Frauen in mich hinein –, auf mich hineinfallen wie in eine tiefe Zisterne, die für Regenwasser bestimmt ist, es ist aber Dürre, und sie bleiben mit zerschmetterten Gliedern am Boden liegen!

Was ist an uns mit den breiten, platten Köpfen: Kiefernmenschen, Sandläufern, Bibertieren des Bobers und Wasserratten der Spree. Die Götter der Vorzeit wandeln noch in uns verzaubert: Baldur, der Gott des Lichtes, und Loke, der Gott der Finsternis. Da mischt sich Hell und Dunkel wohl zu jenem fürchterlichen Grau, das wie ein Hammer ist und das den Amboß selbst zerschmettert.

Werden an der Gänselache nicht am Tage der Hexen noch Menschenopfer dargebracht? Verschwinden nicht kleine Kinder und werden geschlachtet in den Wäldern an Baumaltären, heidnischen Göttern noch errichtet?

Was sind wir für Menschen: der Atem unserer Liebe ist heiß wie Juliwind, aber im Anhauch unseres Hasses gefrieren Seelen wie Teiche im Februar.

Ich bin ein Irrlicht, das auf den Sümpfen der Spreeniederung tanzt.

Ich bin der Sumpf selber, darein die Frauen versinken, ohne daß ich's will.

Ein Sumpf, verflucht zum Sumpfsein. Klabautermann, der die Schiffe zum Untergang lockt – und selber strahlt und himmlisch leuchtet: einen riesigen Pokal mit Rotwein in den Händen schwingt, davon sie alle trinken. Und trinken Blut. Elmslicht, das auf den Spitzen der Masten hüpft. Herr, rette mich, daß meine irre Flamme sich zur reinen Flamme des Heiligen Geistes läutere und zu Pfingsten herniederfahre auf aller Stirnen, daß ich zum rechten Weg – zu Untergang und Abgrund künftig nicht mehr leuchte.«

Bracke kaufte auf dem Markte zwei Krammetsvögel.

Da ging der Wirt »Zum Stern« vorbei und sprach:

»Wißt Ihr auch, wie man Krammetsvögel recht zubereitet?«

Bracke sprach:

»Ich gedachte sie nach meiner Art in der Pfanne zu braten.«

Da sprach der Wirt:

»Ich werde es Euch erzählen, wie man sie in den fürstlichen Häusern und in meinem Hause zubereitet, damit sie schmackhaft werden wie das ewige Manna.«

Und er erzählte Bracke die Zubereitung.

Da sprach Bracke:

»Das ist mir zu lang, ich vergesse das Rezept. Schreibt mir's auf.«

Und der Wirt schrieb es ihm auf einen Zettel.

Da wandte sich Bracke nun mit den Krammetsvögeln und dem Zettel nach Hause.

Unterwegs aber regten sich die Krammetsvögel in seiner Hand, und der eine rief:

»Bracke!« Bracke drehte sich um.

Da war kein Mensch zu sehen.

Und der Krammetsvogel rief wieder:

»Bracke!«

Da sah Bracke zu dem Krammetsvogel nieder und sprach:

»Was willst du? Hast du noch einen Wunsch, bevor man dich brät?«

Der Krammetsvogel zwitscherte heiser:

»Das Rezept, das dir der Wirt gegeben hat, taugt nicht. Bereite uns zu, wie du es gewohnt bist, aber ich bitte dich um eins: dies hier ist mein Weibchen, und wir lieben uns sehr. Ich bitte dich, uns in *einer* Pfanne zu braten.«

Da machte Bracke die Hand auf:

»Fliegt nur hin! Mir wird bei diesen Worten, als sollte ich mich selbst und meine Frau in einer Pfanne braten. Ich will in meinem Leben keine Krammetsvögel mehr essen.«

Und schritt fürbaß und rupfte sich vom Wege Ähren, die er verzehrte.

Es gesellte sich zu Bracke, als er so seine Straße wanderte, ein Mann mit Fes und Pluderhosen, einem braunen Dattelgesicht und schwarzen Lakritzenaugen, aber weißen Haaren, wie aus Mondstrahlen geflochten. Er trug einen Korb und sprach:

»Ist es erlaubt?«

Und Bracke antwortete:

»Es ist nicht erlaubt – da es nicht existiert. Aber ich erlaube Euch, mit mir zu gehen, das heißt mit mir zu existieren. Ihr seid der deutschen Sprache nicht mächtig, wie es scheint?«

»Ihr müßt entschuldigen«, sprach der andere, »meine Heimatsprache ist das Türkische. Ich bin ein Türke. Man nennt mich Nassr – ed – din. Geboren bin ich auf dem Halbmond zu Akschehir in Asien und bin ein Dehri.«

»Ich heiße Bracke und bin geboren bei Vollmond zu Trebbin im Römischen Reich. – Was habt Ihr dort im Korbe?«

»Halwa. Mögt Ihr kosten?«

Er öffnete den Korb, und Bracke versuchte die Süßigkeit.

»Ich habe gekostet. Was kostet das?«

»Einen Para«, sagte der Türke, »aber ich schenke es Euch.«

»Das soll Euch Gott lohnen, und ich will Euch ebenfalls etwas schenken.«

Er bückte sich und fing einen Heuhüpfer.

»Da … tragt ihn stets mit Euch umher, er wird Euch lehren, wie man durch das Leben kommt.«

Der Türke sprach:

»Auf einem solchen Heupferd bin ich von Kleinasien nach Europa geritten. Mir ist dieses Tier nicht unbekannt.«

»Wenn Ihr auf einem Heuhüpfer zu reiten vermögt, so seid Ihr der große Doktor Faust, der sich in einen Türken verwandelt hat – von dem die Sage geht?«

»Der bin ich«, sprach der Türke, »wenn auch, wie Ihr seht, nicht ganz so groß wie Ihr, ich reiche Euch nur an die Schultern.«

Da hob ihn Bracke mit den Händen hoch und setzte ihn sich auf den Rücken.

»Ihr sollt größer sein als ich.«

Und er trug ihn huckepack bis nach Berlin. Wofür ihm der Türke dankte und sprach:

»Ich werde Euch, wenn Ihr gestorben seid, das Telkyn sprechen. Erinnert Euch meiner!«

»Immer«, sprach Bracke, »denn ich habe Euch wie eine Mutter ihr Kind getragen. – Aber sagt mir zum Abschied, aus welchem Buche Ihr

Eure zauberische Weisheit schöpftet, daß ich es lese und zunehme an Verstand?«

»Ich las einzig das Myftah ül ülum, den Schlüssel der Wissenschaften. Aber Ihr werdet es nicht verstehen, denn es ist in türkischen Lettern und türkischer Sprache geschrieben. Wißt aber, daß dies die Essenz ist, gepreßt aus den tausend Rosenblättern des Buches: Lebe dein Leben! Und stirb deinen Tod! Ich will Euch zum Abschied einen persischen Spruch sagen, den beherziget:

Bescher maverajy dschelal – esch ne – jaft Befer muntehajy kemal – esch nejaft.

Gottes Barmherzigkeit sei mit dir!«

Er bestieg sein Heuschreckenpferd und war mit einem Satz über die Dächer verschwunden.

Als Bracke von Berlin nach Trebbin zurückkehrte, traf er unterwegs einen Fuhrmann, der hatte Bier in Tonnen hoch auf seinen Wagen geladen und sprach:

»He, guter Freund – ist es noch weit nach Berlin?«

Da antwortete Bracke:

»Wenn du langsam fährst, so kommst du wohl noch vor Abend hin.«

Der Fuhrmann lachte und dachte bei sich: Welch ein Narr! Wenn ich schon mit Langsamfahren hinkomme, sollte ich nicht mit schnellem Fahren eher hingelangen? Hieb auf seine Pferde ein, schrie »hü-hott« und jagte davon, daß die Biertonnen wackelten.

Er war aber noch nicht fünfzig Schritt weit gefahren, als einige Biertonnen herabkollerten und im Straßengraben liegen blieben.

Da mußte er nun fluchend anhalten, verlor viel Zeit, sie wieder auf den Wagen aufzuladen, und erkannte, wie weise der Fremdling gesprochen.

Er fuhr von nun ab schön langsam und kam also flinker nach Berlin, als wenn er schnell gefahren wäre.

Es lebte in der Nähe von Trebbin in einer Höhle des Waldes ein Mörder. Der hatte einen roten Bart und einen dunklen Blick aus blauen Augen, so daß ihn jedermann fürchtete und ihm aus dem Wege ging. Er hatte in seiner Jugend im Jähzorn und aus Eifersucht seinen Bruder erschlagen. Aber er trug schwer an seiner Tat, scheute Sprache und

Antlitz der Menschen und kam nur zuweilen in der Dämmerung nach Trebbin, Einkäufe zu machen: einen Hammer, Feile, Nägel, Zucker, Salz, Brot oder wessen er sonst bedurfte.

Er hockte danach mit dem Henker zusammen in einer üblen Kneipe und würfelte.

Sie hatten aber ein kurioses Spiel: Tod und Leben: mit einem Würfel. Ein Auge bedeutete Leben, zwei: Tod, drei: Hölle, vier: Seligkeit, fünf: Teufel, sechs: Gott.

So würfelten sie nun, und es gewann der Tod über das Leben, die Seligkeit über die ewige Verdammnis, Gott über den Teufel. Bracke saß des öftern mit ihnen zusammen, zu welchen sich dann noch der Ab-decker gesellte, stinkend nach gefallenem Tier.

Es war aber nur Bracke, der mit den drei Verfemten verkehrte. Sie saßen nächtelang und sprachen kaum ein Wort. Aus dem obern Stock klang Gelächter von Dirnen, Grunzen menschlicher Eber, und vom Hofe der Schrei einer liebeskranken Katze oder eines jagenden Käuzchens. Am Morgen begleitete Bracke den Mörder in den Wald und reichte ihm zum Abschied seine Hand.

Für diesen Händedruck lobpreiste der Mörder Gott und dankte ihm für das Leben: daß es auch gute Menschen gebe, nicht bloß Mörder, Henker und Abdecker.

Sie saßen in der Schenke, und der Bürgermeister hob den Humpen und sprach:

»Bracke, erzählt uns doch ein paar neue Lügengeschichten, deren Ihr immer so viele wißt.«

Und Bracke stützte den Kopf in die Hand, den Arm auf den ungehobelten Tisch, sah in die leere Wand und sprach:

»Es war einmal ein altes Weib, das sagte, als man es nach seinem Alter fragte: ›Ich bin älter als Methusalem …‹

Es war einmal ein Kaiser, der glaubte ein Mensch zu sein wie andere auch und bot mir die Hand und sagte: ›Gott sei mit dir, Bruder Bracke !‹

Es war einmal ein junger Hahn, der überließ ohne Kampf seine Hennen sämtlich in christlicher Demut einem zugereisten fremden Hahn …

Es war einmal eine Mutter, die meinte, ihr Kind sei das dreckigste und dümmste Geschöpf, so auf Gottes Erdboden herumliefe …

Es war einmal ein Jüngling, der schwur seiner Geliebten keine ewige Treue, sondern er ließ sie wissen: er werde sie demnächst betrügen. Darob war sie heiter und guter Dinge und herzte und küßte ihn und schmeichelte ihm: ›Was tut's, mein Hans‹, so sprach sie, ›wenn du mich heute nur liebst ...‹

Es war einmal ein Bürgermeister, der grüßte alle ehrbaren Bürger seiner Stadt zuerst und fühlte sich als Diener der Gemeinschaft ...

Es war einmal ein Henker, der hätte lieber sich selbst denn einen armen Pferdedieb aufgehängt ...

Es war einmal ein Stern, der glaubte nicht, Mittelpunkt der Welt zu sein ...

Es war einmal ein Dichter, der rühmte die Werke eines andern Dichters, mit dem er persönlich verfeindet war, gerechterweise auf das höchste ...

Es war einmal ein Fuchs, der ließ sich vom Lamm fressen ... Es war einmal eine Schnecke, die lief tausend Meilen in der Stunde – so schnell wie die märkische Post ... Es war einmal ein Krebs – der ging immer vorwärts –, so schnell vorwärts wie die Entwicklung des Menschengeschlechtes ...

Es war einmal ein Feldherr, der sagte: ›Es ist genug des Mordens, wir wollen Frieden machen ...‹

Es war einmal ein Ehebrecher, der ging zum betrogenen Ehemann und sagte: ›Deine Kinder sind von mir ...‹

Es war einmal ein Mensch, der sagte: ›Ich bin ein Sünder. Ein Sauf- und Trunkenbold. Ein Hurenknabe. Ein Verleumder. Ein boshafter Schwätzer. Ein tückischer Träumer. Ich will es büßen.‹

Es war einmal ein Possenreißer, der sagte die Wahrheit, indem er log – aber niemand glaubte sie ihm ...«

Ehe die peinliche Gerichtsverhandlung Karls des Fünften erschien, nahm man es im Römischen Reiche mit dem niedern Diebstahl nicht so genau.

Es stahl jeder einmal, was ihm zufällig in die Hand kam: einen silbernen Becher beim Wirt, eine süße Semmel beim Bäcker, beim Metzger eine Wurst, beim Philosophen einen Gedanken und beim Dichter einen Vers oder zwei.

Als nun die Carolina, die peinliche Gerichtsverordnung Karls des Fünften, in Trebbin zum erstenmal öffentlich aushing – war sie am nächsten Tag gestohlen.

Bracke hatte sie nachts, als er von der Kneipe kam, heimlich vom Rathaus herabgenommen. Denn er hatte Mitleid mit den Dieben. 71

Der Kurfürst beobachtete eines Tages in seinem Park zwei Weinbergschnecken im Liebesspiel.

Er sah, wie sie sich erhoben und wie sie jene wunderlichen Instrumente, die man Liebespfeile nennt, aufeinander abschossen. Tief und schmerzhaft drangen sie sich gegenseitig ins Fleisch.

Die Kurfürstin, unberührt und unberührbar, stand neben ihm. Mit ihrem Fächer aus Perlmutter wehte sie sich Kühlung über ihre Brüste.

»Mein Apennin«, sagte der Kurfürst. »Schneegebirge, das ich nie besteigen werde«, und küßte sie leicht auf die linke, dem Herzen zugewölbte Brust. »Was läßt du noch künstlich Eiswinde wehen – da du kalt bist wie parischer Marmor. Und dein Hauch läßt die Blumen erfrieren. Fassest du in eine Flamme – so gerinnt sie zu einem roten Eiszapfen. Wir verwunden uns wie die Schnecken mit widerhakigen Pfeilen, den Pfeilen Amors, und sterben vielleicht noch aneinander ...«

»Du irrst, Kurfürst«, lächelte die Kurfürstin, »ich werde zwar vielleicht eines Tages *von* dir – doch niemals *an* dir sterben. Denn weder liebe noch hasse ich dich: sondern ich kenne dich nur.«

Bracke hatte drei Jahre mit seiner Frau in Friede, Glück und Eintracht gelebt, aber so innig sie sich auch liebten, so eifrig Grieta der Madonna Wachskindlein opferte und stundenlang im flehenden Gebet verharrte – ihre Ehe blieb kinderlos.

Da gelobten sie in heiliger Messe, einträchtig auf der Betbank kniend, daß sie dem Dienst des Herrn das Kind weihen wollten, wenn er ihnen eines vergönne. Wäre es ein Knabe, so sollte es ein Mönch, wäre es ein Mädchen, so sollte es eine Nonne werden.

Und Gott erhörte ihr Gebet.

Ein Jahr darauf ward Grieta von Zwillingen entbunden, von Knaben.

Die wuchsen nun auf und waren einander unähnlich wie Feuer und Wasser, Luft und Erde, Blüte und Wurm.

Der eine war himmlisch anzusehen mit seinen blonden Locken wie ein Engel, der andere aber war schwarz und häßlich. Seine Augen 72 standen schief. Er roch aus dem Munde. Und schlürfte ein Bein wie einen Sack Rüben nach.

Da kamen Bracke und Grieta überein, den häßlichen Knaben Gott zu weihen, und taten ihn bald zu den Mönchen, behielten aber den schönen zu ihrer und der Menschen Freude in der Welt.

Gott aber empfand es als Gotteslästerung, daß sie den häßlichen ihm weihten und nicht den schönen, und er sandte in der Johannisnacht zwei Blitze. Die erschlugen beide Knaben: den schönen und den häßlichen.

Grieta und Bracke taten Buße, und Brackes Wesen war von da ab noch sonderlicher, so daß er ganze Monate aus dem Hause blieb und in den märkischen Wäldern das Leben eines Büßers führte, sich nur von Kräutern nährend.

Grieta aber härmte sich um ihn. Denn sie sah um seine Stirn die Flamme der Gerechtigkeit leuchten.

Der Kurfürst fragte Bracke, in welcher Kunst er sich die letzte Zeit besonders ausgebildet.

Der sagte nun: vorzüglich in der Malkunst, denn er habe Unterricht bei einem tüchtigen Meister genommen und es so weit gebracht, daß er Blumen, Tiere, Häuser und Menschen ohne Beschwerlichkeit in vollkommener Treue auf die Leinwand zu bringen vermöge. Ja, sein Meister, der ein seltener Künstler in seinem Fache sei, habe ihn noch gelehrt, das Unsichtbare sichtbar zu schaffen, so daß es ihm möglich sei, Tugend und Laster, Anmut und Verworfenheit, Geiz, Güte, Glück und Grausamkeit zu malen.

Dem Kurfürsten, der aufmerksam zuhörte, gefiel die Rede, und er fragte Bracke, ob er für zweihundert Gulden, da er das Unsichtbare sichtbar zu gestalten vermöge, nicht ein Abbild Gottes zu malen imstande sei …

Bracke sagte fröhlich: »Gewiß, gnädiger Herr«, nahm fünfzig Gulden Aufgeld, richtete einen Saal des Schlosses für sich her und ließ Leinwand und mancherlei Farben und Tuben und Pinsel expedieren. Er bedang sich vom Kurfürsten aus, daß niemand den Saal betreten dürfe, bis das Bild vollendet sei.

Dies sagte ihm der Kurfürst zu.

Bracke verbrachte nun die Vormittage in seinem Saale, in dem er auch zu schlafen pflegte, ging mittags in die Gesindestube zum Essen

73

und spielte danach im »Bernauischen Keller« mit Hausierern, Landsknechten, Juden und Bauern Würfel und Karten.

Nach drei Wochen fragte ihn der Kurfürst, der mit seiner schönen Gemahlin im Garten des Schlosses spazierte (es war Frühling, die Amseln sangen, und die Bäume trieben rosagrüne Knospen):

»Wie weit ist Er denn, Bracke, mit seinem Bilde?«

Da verneigte sich Bracke.

»Heute noch wird das Bild vollendet, und wenn Ihr mir morgen früh die Ehre des Besuches erzeigen wollt, so will ich es Euch weisen.«

Die Kurfürstin fuhr mit ihrer Linken spielerisch über den Kopf eines Windspiels:

»Darf ich das Bild nicht ebenfalls betrachten?« Und Bracke neigte sich:

»Gewiß, gnädigste Kurfürstin, vielleicht gefällt es Euch, Euren Gemahl zu begleiten.«

Am Morgen empfing Bracke das erlauchte Paar am Eingang zum Saal.

Er hatte einen weißen Mantel übergeworfen, trug ein weißes Samtbarett, in der Linken die Palette, rechts den Pinsel, und war ganz angetan wie ein Maler.

»Ich werde Euch, edle Kurfürstin, gnädiger Herr, nunmehr das Bildnis Gottes zeigen – wisset aber, daß nur die es sehen werden, die reines Herzens sind – wie schon in der Bibel geschrieben steht.«

Damit öffnete er die Flügeltüren des Saales. Da sah nun der Kurfürst im Hintergrund auf riesiger Staffelei nichts als eine große, in Form eines Altarbildes golden gerahmte Leinwand.

»Beim Teufel, dem ich ja nun einmal verschrieben scheine«, raunzte der Kurfürst, »ich sehe nichts als eine weiße Leinwand.«

Die Kurfürstin lächelte, obwohl ihr die Tränen der Beschämung näher waren, und sagte: »Was seht denn Ihr, Bracke, auf der weißen Leinwand, die Ihr mit Gott bemalt habt?«

Bracke drehte den Pinsel um, so daß er zum Zeigestock wurde, und deutete gleichsam die einzelnen Partien des Gemäldes.

»Hier in dem mittleren Teil des Bildes thront auf silbernem Sessel, der auf silbernen Wolken steht, Gottvater. Die Eule, das Sinnbild der Weisheit, sitzt, einen Spiegel in ihren Krallen, auf seiner rechten Schulter, auf seiner linken die Taube, das Sinnbild der Güte. Zu seinen

Füßen dahingestreckt reckt sich ein goldener Löwe, das Sinnbild der Schönheit.

In seiner linken Hand trägt er wie einen Reichsapfel die Erdkugel. Seine Rechte umfaßt den gezackten Blitz, das Schwert der Gerechtigkeit.

Unter der Wölbung links wandelt Hand in Hand mit seiner Mutter Maria Gott der Sohn in einem Rosengarten. Viele Frauen und Kinder folgen ihm, hüpfend und psalmodierend.

Unter der Wölbung rechts schwebt über blauem Berg eine weiße Wolke, aus welcher der Kopf eines Adlers zuckt. Dies ist der Heilige Geist.

Im Tale weiden Ziegen und Schafe, die ihn nicht spüren noch ahnen. Er wird sie vernichten …

Selig sind, die reines Herzens sind, denn sie werden Gott schauen. Sie werden ihn sehen: überall, im höchsten wie im geringsten. Im Prunkgemälde wie in dieser einfachen Leinwand.«

Die Kurfürstin trat auf Bracke zu:

»Jetzt, da Ihr mir Gott so anschaulich gezeigt, erkenne ich ihn selbst auf dieser leeren Leinwand. Ich will versuchen, ihn niemals mehr zu verlieren. Ich danke Euch, Bracke.« Und sie reichte ihm ihre kleine Kinderhand. Das Rentamt des Kurfürsten zahlte Bracke die bedungenen hundertfünfzig Gulden Rest für das Gemälde Gottes aus.

Die Kurfürstin befahl, die golden gerahmte Leinwand in ihrem Schlafzimmer über ihrem Bett aufzuhängen, damit sie Gott stets vor Augen habe, wenn sie erwache, und den Tag mit seinem Anblick beginne.

Die Kurfürstin ließ Bracke rufen:

»Habt Ihr nicht Lust, ein Porträt von mir zu malen, da das Bildnis Gottes Euch so gut gelungen?«

Bracke lächelte: »Es würde mir mit Euch vielleicht ähnlich gehen wie dem heiligen Lukas mit der Mutter Gottes.«

Die Kurfürstin sprach:

»Und wie erging es ihm?«

Bracke sprach:

»Dem heiligen Lukas erschien im Traum eine englische Erscheinung, die sprach: »Steh auf, Lukas, du sollst das Angesicht Unsrer Lieben Frau malen, damit ein Bildnis ihrer auf die Nachwelt komme.‹ Lukas erhob sich im Morgengrauen und schritt demütig zur Hütte, in der Maria wohnte, nahm auch Pinsel und Palette, Leinwand und Farbenkasten, in seinen Mantel eingeschlagen, mit, denn er war ein geachteter und berühmter Maler schon zuvor. Dort begrüßte er nun in aller Demut und Unterwürfigkeit die Heilige und tat ihr sein Anliegen und den nächtlichen Besuch des Engels kund. Da lächelte Maria, wie nur sie zu lächeln vermag, und setzte sich im Freien vor der Hütte unter den Bäumen in Positur. Und Lukas stellte seine Staffelei und seinen Farbenkasten auf, nahm allerlei Maß und begann alsbald zu zeichnen und zu malen. Von den Wolken hernieder aber schwebten Amoretten und Putten und kleine Engel. Einige bildeten einen Kranz und schlangen sich spielerisch um Maria, die kamen mit auf das Bild. Andere aber standen, die Flügel gefaltet, hinter ihm, beäugten neugierig das Wunderwerk, das hier ward, oder halfen Lukas reiben und reichten ihm die Pinsel zu.

So schritt die Arbeit rüstig fort, als die Abenddämmerung allzufrüh hereinbrach und des Künstlers Werk hemmte. Das Bild war fast, aber doch nicht ganz vollendet. Es fehlte den Augen der Maria das letzte Leuchten. Ihrem Mund ein kleines Lächeln und ihrem ganzen Wesen ein Hauch Allmütterlichkeit. Seufzend packte Lukas sein Gerät zusammen und verabschiedete sich mit dem Versprechen, morgen wiederzukommen und das begonnene Werk im Herrn zu vollenden. In der Nacht aber wurde Maria in den Himmel abberufen, und als Lukas am nächsten Tag an die Tür ihrer Hütte pochte, antwortete ihm keine Stimme. Als er öffnete, sah er das Irdische der heiligen Mutter blaß und regungslos auf dem Lager liegen. – So kam es, daß es kein vollendetes Bild von der heiligen Frau auf Erden gibt. Auch die größten Maler aller Zeiten: ein Raffael, ein Bellini, ein Fra Angelico haben nur einen schwachen Abglanz ihrer auf die Leinwand gebracht. Immer fehlt ein letztes: dem gelangen die Augen, aber er verfehlte gänzlich die Lippen. Der malte die schönsten und zärtlichsten Hände, aber ihre Stirn war viel zu streng, ihr Haar zuwenig blond und sonnengold. Dem einzigen, der sie zu ihren Lebzeiten ganz und vollkommen hätte malen können, nahm der Tod den Pinsel aus der Hand. – Aber es soll wohl so sein. Ein jeder soll sich sein Bild von der Madonna machen. Sie wird es segnen, auch wenn es nicht so trefflich gelingt. Das Leben bleibt Stückwerk. Auch wir schreiten unvollendet hinüber. Hilf uns, Sankt Lukas, unser Bild im himmlischen Reich zu vollenden. Dort hast du Gold und Rosenrot, Morgenrot und Himmelblau auf der Palette – Farben, nach denen wir grau und schwarz bemalten Menschen so selige

Sehnsucht tragen. Heb uns aus dem Schatten ins Licht. Laß uns leuchten wie Stern und Sonn' und Mond, Sankt Lukas.«

Die Kurfürstin hatte die Augen geschlossen. »Amen«, sagte sie leise.

Grieta vernahm, daß Bracke eine Nacht bei der Magd des Kugelapothekers in Berlin geschlafen habe.

Sie weinte, legte Witwenkleidung an und begab sich nach Berlin. Sie traf die Magd in der Küche, setzte sich auf die Küchenbank und sprach:

»Weiß Sie, wer ich bin?«

Die Magd, die Teller scheuerte, sprach, ohne aufzusehen:

»Nein, Frau.«

»Sehe Sie mich an!«

Die Magd sah auf.

»Was sieht Sie an mir?«

»Daß Sie eine Witwe ist ...«

»Und warum bin ich wohl eine Witwe?«

Die Magd sprach:

»Wie sollt ich's wissen – weil Ihr Mann tot ist, wahrscheinlich.«

Grieta sprach:

»Ja, weil mein Mann gestorben ist. Denn er hat bei Euch im Sarge gelegen ...«

Das merkte die Magd, worauf Grieta hinaus wolle und wer es wohl sein könne.

Sie fiel vor ihr in die Knie:

»Könnt Ihr mir verzeihn?«

Grieta sprach:

»Steht auf!«

Da schüttelte die Magd den Kopf:

»Nein, laßt mich Euch kniend erzählen, wie Bracke bei mir war. Er hatte kein Geld zum Nachtlager, und ich nahm ihn mit in meine Kammer. Als wir nun nebeneinander im Bett lagen, da holte er aus der Brusttasche Eure auf einem Jahrmarkt geschnittene Silhouette, Frau, betrachtete sie lange und inbrünstig, und begann mir von Euch zu erzählen. Daß es wohl keine schönere, keine bessere und keine barmherzigere Frau gäbe als Euch. Da sprach ich, denn ich wurde eifersüchtig vor soviel Lobpreisung Eurer: ›Laßt sehen, ob ich Eurem Weibe nicht vielleicht nur wenig nachstehe.‹ Da zeigte ich ihm meine Brüste und meine schlanken Beine und sagte ihm, daß mich noch niemand berühr-

51

te. Da küßte er mich und sprach: ›Grieta wird sich mit uns freuen, wenn sie hört, wie wir zusammen glückselig waren‹ – und wir versanken ineinander. Grieta stand auf. Sie warf die Witwenhaube ab.

Sie küßte der Magd die Tränen von den braunen Augen und sprach: »Weißt du nicht, meine Freundin, wohin Bracke gegangen ist? Er blieb so lange von Hause fort.«

»Ich weiß es nicht, Frau«, sprach die Magd, »aber wenn er mir begegnet, will ich ihn sogleich Euch senden ...«

Ein geckiger Franzose namens D'aujourd'hui, der am Hofe des Kurfürsten eine Hofmeisterstelle versah, war wegen seines hochfahrenden Wesens allgemein unbeliebt. Zu jedem, der es hören wollte, und auch zu denen, die es nicht hören wollten, führte er Rede dergestalt, daß die Franzosen nur die rechte Kultur und Grazie hätten und daß die Deutschen insgesamt Schweine seien, die von nichts etwas verstünden als von ihrem eigenen Mist.

Dieser Franzose verdroß Bracke sehr, und er beschloß, ihm eine Lehre zu geben.

Als der Franzose einst vom deutschen Bier im »Bernauischen Keller« zuviel probiert, es gegen elf Uhr abends geworden war und er wieder solche Reden führte, wie: deutsche Schweine ..., sprach Bracke zu ihm:

»Ich will Euch beweisen, daß die Schweine – nicht deutsch, wohl aber französisch reden – und also zur französischen Nation zu zählen sind.«

Und er packte den Franzosen am Handgelenk und führte ihn zum Gelächter der Bürger an den Schweinestall des Wirtes.

Dort ersuchte er ihn, an die Tür zu pochen und auf französisch zu fragen, wieviel Uhr es sei.

Der Franzose klopfte an die Tür und fragte:

»Quelle heure est – il?«

Da antwortete drinnen die Sau, aus dem Schlafe aufgestört, durch ihren Rüssel schnaubend: »Onze, onze.«

»Seht nur nach der Uhr«, lachte Bracke, »ob Euch die Sau nicht recht Bescheid gegeben.«

Der Franzose sah auf die Uhr, und es war in der Tat elf Uhr ...

Da schlug er mit ganzer Faust wütend an die Tür und schrie:

»Est-ce que c'est vrai? Est-ce que vous parlez français?«

Da erwachten auch die Ferkel aus dem Schlafe und quietschten: »Oui, oui ...«

Mit einem Fluche auf den Lippen, unter dem dröhnenden Applaus des Publikums, schwankte der Franzose hinüber in den Seitenflügel des Schlosses, in dem er wohnte. Seitdem aber heißt es in der Mark Brandenburg, daß die Schweine französisch sprechen.

Während, wie man schon von früher weiß, die Esel deutsch reden. J-a.

Es kam eine Mutter, die brachte ihren Sohn, einen Verwachsenen und Zwerg, zu Bracke und sprach: »Da er sonst zu nichts taugt, nicht als Metzger das Messer schwingen, als Krämer die Waage bedienen, als Kutscher die Pferde lenken kann –, so bitte ich Euch, nehmt ihn gegen eine angemessene Entschädigung in Eure Schule der Weisheit. Lehrt ihn denken, reden, handeln gleich Euch: närrisch und edel, heiter und klug, damit er geachtet sei bei den vornehmen Standespersonen und sein Ein- und Auskommen habe bis an sein Ende.« Bracke führte die Frau mit dem Knaben zu seiner Ziege:

»Seht Ihr diesen Ziegenbock?«

Und er gab ihm einen Schlag, worauf der Bock meckerte.

»Dieser Ziegenbock ist seit Jahren mein Freund und Schüler. Trotzdem ich mir aber alle Mühe mit ihm gegeben und mit ihm zusammen sogar die Propheten gelesen habe, vermag er bis heute noch nichts anderes als zu meckern, zu fressen und zu sch..., denn dies eben sind die vorzüglichen Eigenschaften und Kräfte des Ziegenbockes, und ich glaube, dein Sohn wird nicht mehr lernen, als er ist: ein Zwerg zu sein und zu bleiben und das Zwergige in sich, nicht aber das Riesige zu entwickeln. Denn dieses würde ihm übel anstehen. Auch mag er auf sein Mundwerk Bedacht haben: denken und – schweigen, daß es nicht heiße: wo hat dieser Zwerg das Riesenmaul her? Du magst ihn aber immerhin bei mir lassen. Mein Weib wird sich freuen, ein fremdes Kind zu bekommen, da Gott uns die unsern nahm. Er bleibe einen Monat. Da werden wir sehen, ob er auch Anlagen hat, unser geistiger Sohn zu werden.«

Die Frau, obwohl sie nur wenig von der Rede Brackes verstand, ging hochbeglückt von dannen.

Nach einem Monat kam sie wieder: da hatte der Zwerg gelernt, die Stube zu fegen, Sand zu streuen, die Betten zu machen und die Hühner und Gänse zu warten.

»Ist dies die Schule der Weisheit?« fragte die Frau verwundert. Aber sie ließ den Zwerg noch einen Monat bei Bracke.

Da lernte der Zwerg im zweiten Monat die Stiefel putzen, das Feuer im Herde anmachen, Suppe kochen und Kartoffeln schälen.

Nachdem der zweite Monat um war, kam die Frau wiederum, und wiederum erstaunte sie sehr über die Schule der Weisheit.

Im dritten Monat lernte der Zwerg lachen, im Walde streifen, die echten von den giftigen Pilzen scheiden, Vogelstimmen nachahmen und zu den Sternen sehen.

Als nun nach dem dritten Monat die Frau sich wieder bei Bracke einfand, sprach dieser:

»Dein Sohn hat die drei ersten Klassen der Schule der Weisheit trefflich absolviert. Nimm ihn wieder mit. Nichts anderes kann man einen Menschen aus sich, aus ihm heraus lehren als dies: alles Menschliche menschlich zu tun. Für jedes rechte Gefühl auch die rechte Form zu finden. Immer mit sich eins und zufrieden in Geist und Handlung sein. Sich selber erlösen – so erlöst einen Gott.«

Dies begriff nun die Frau erst recht nicht, aber da sie in das aufgeblühte Antlitz ihres Zwerges sah und seine heiteren und sicheren Gebärden und Worte, ging ihr das Herz auf; sie ahnte Brackes Weisheit und ging, den Knaben an der Hand, und ließ Bracke viele Segenswünsche und ein halbes ausgenommenes Kalb als Schulgeld zurück.

Bracke ging mit einem dicken Buch in der Hand spazieren und las im Gehen.

Er fiel in die Spree.

Man fischte ihn mit langen Stangen und Seilen aus dem Wasser und brachte ihn triefend zum Kurfürsten.

Der Kurfürst bebte erheitert:

»Da sieht Er, Bracke, wohin Er mit seiner Weisheit kommt. Vor lauter In – die – Luft – Stieren – und Über – die – Erde – Taumeln – fällt er ins Wasser.«

Bracke sprach:

»Wollt Ihr hören, worüber ich mich so entsetzte, daß ich ins Wasser fiel?

Es ist das *Encomium moriae* des Erasmus von Rotterdam, und lateinisch geschrieben.«

Und er schlug sein Buch auf:

»Was soll ich nun von den Großen des Hofes sagen? Obwohl die meisten von ihnen die denkbar Verächtlichsten, Widerwärtigsten und Verworfensten sind, wollen sie trotzdem in allen Dingen als die Hauptpersonen angesehen werden. Freilich sind sie in dem einen Punkte sehr bescheiden, daß sie sich damit begnügen, Gold, Juwelen, Purpur und alle möglichen Symbole der Weisheit und Tugend auf ihrem Körper zu tragen, aber andern die Sorge überlassen, weise und tugendhaft zu sein. Der saubere Gebieter schläft bis zum Mittag und läßt sich dann von dem bereitstehenden gemieteten Kaplan, noch fast im Halbschlummer, eilig eine Messe lesen. Dann frühstückt man; das Diner folgt unmittelbar darauf. Nach Tisch wird gewürfelt, gelost und manches Brettspiel gespielt; es kommen die Spaßmacher, die Narren und Dirnen. Solchermaßen vergeht das Leben der hohen Herren. –

Ist dies nicht die abscheulichste Lüge, die mir je vorgekommen?« sprach Bracke – »eine so erbärmliche und so sonderbare Lüge, daß Wort für Wort ... alles ... wahr ist. Was sagt Ihr zu solcher Art Lügen, Herr?«

Der Kurfürst hatte mit jener Dirne, die er einst in seiner Hochzeitsnacht umarmte, ein sommersprossiges, blasses und rachitisches Kind gezeugt.

Als es fünf Jahre zählte, befahl er, daß es in den Palast verbracht würde.

Vor diesem Kinde hatte der Kurfürst Furcht, und er schrieb ihm geheime Kräfte zu.

Es sah ihn zuweilen mit seinen grünen Augen so unendlich leidend an, daß er erbebte.

Es ließ mit einem apathischen Lächeln alles mit sich geschehen.

Der Kurfürst schenkte ihm Holzpuppen, kleine Negersklaven, Papageien und Affen.

Es sah alles mit großen Augen an und lächelte stumpf.

Innocentia taufte er das Kind.

Als es im sechsten Jahre an Schwäche starb, war der Kurfürst untröstlich und hängte am Tage seines Todes sieben Juden.

Er schrieb ein Trauergedicht: Innocentia, das er durch Bracke auf dem Marktplatz öffentlich verlesen, durch Schreiber in Gold schreiben, in schwarzes Leder binden und der kurfürstlichen Bibliothek in Berlin einverleiben ließ.

Das Gedicht aber begann:

> Unschuldig zeugte ich dies Kind – und also starb's.
> Nie liebt ich ehrlicher als diesen Schmerz.
> Nie tiefer war mein Leid als dieses Grab.
> Nie edler mein Pokal als ihre Aschenurne.

Der Kurfürst hatte eine kurze Komödie von der Geburt des Herrn erdacht und gedichtet. Sie war mit zweierlei Tinte rot und schwarz auf Pergament, der Umschlag in schwarzer Seide, in der kurfürstlichen Kanzlei selbst vervielfältigt.

Er gab sie Bracke zu lesen. Bracke las:

> Der Engel Gabriel spricht:
> Nicht fürcht' dich, o du kleine Schar,
> Gott ist mit dir, glaub' mir fürwahr.
> Hör' Wunder groß zu dieser Frist:
> Euch allen heut geboren ist
> Christus, der Herr, ein Kindelein
> Von einer Jungfrau zart und fein
> Zu Bethlehem, in Davids Stadt,
> Wie es euch Gott verheißen hat.
> Das Kind zu dieser kalten Zeit
> In einer harten Krippe leid't,
> Welches Maria, Mutter sein,
> Gewickelt hat in Windeln ein.
> Sein Bett wird sein von Stroh und Heu,
> Ein Ochs und Esel ist dabei.
> Geht eilends, seht das Wunder an,
> Was Gott hat diese Nacht getan.
> Ehre sei Gott in der Höhe!

Bracke las noch einmal: Sein Bett wird sein von Stroh und Heu ... ein Ochs und Esel ist dabei ... Was weiß der Kurfürst von mir? Da sah er in die erwartungsvoll wie kleine Trommeln gespannten Augen des Kurfürsten und sprach:

»Ihr solltet die Komödie zur Weihnacht im Schlosse der gnädigen Frau Kurfürstin vorspielen lassen.«

Der Kurfürst zeigte sich angeregt von dem Gedanken. »Ein hübscher Einfall. Er hat recht, Bracke. Aber wo nehme ich die Schauspieler her?«

Bracke sann:

»Laßt mich nur machen, ich kenne Komödianten genug.« Und er bat den Kurfürsten um Autorisation zur Aufführung.

Bracke rief den Mörder, den Henker, den Abdecker und jene Dirne, von der der Kurfürst ein Kind hatte, zusammen und sprach:

»Ich habe Arbeit für euch.«

Da sprachen die Männer, welche sonst wenig sprechen:

»Sprich, Bracke.«

Und Bracke sprach:

»Ihr sollt in einer Komödie spielen.«

Die Männer schwiegen.

»Ich werde euch die Komödie einlernen und die Worte, Gesten und Gebärden.«

Und der Mörder sprach:

»In welcher Komödie sollen wir spielen?« Bracke gab Bescheid:

»In der Komödie von der Geburt des Herrn, die der gnädige Kurfürst in eigener Person verfertigt hat.«

Da schwiegen die vier.

Endlich sprach der Henker:

»Und was soll ein jeder von uns darin darstellen?«

Bracke bestimmte:

»Du, Henker, spielst den Engel Gabriel. Du, Abdecker, den Joseph. Die Hure spielt die Mutter Gottes. Der Mörder Gottvater selbst.«

»Und das Jesuskind?« fragte die Dirne.

»Das Jesuskind spielt deine Tochter, des Kurfürsten Kind ...«

Das Kind war aber dazumal noch am Leben. Als nun der Tag der Vorführung kam, hatte Bracke ihnen allen schöne Kleider, Geräte und Symbole besorgt. Er hatte sie durch Bärte und Schminke unkenntlich gemacht und ihnen die Gesten, Gebärden und Worte trefflich einstudiert, so daß Kurfürst und Kurfürstin von der Vorführung hoch entzückt und erbaut waren.

Die Kurfürstin gab Bracke ihre kleine Kinderhand und sagte leise:

»Ich habe Euch lieb, Bracke.«

Und ging in ihre Gemächer.

Der Kurfürst setzte sich mit den vermummten Komödianten und Bracke noch zu Tisch und schmauste und zechte mit ihnen die Nacht durch.

Trunken tölpelte er mit der Dirne, die als Mutter Gottes einen goldenen Heiligenschein um ihre Stirn trug, ins Bett.

Am übernächsten Tage, nachdem der Kurfürst seinen Rausch ausgeschlafen hatte, fragte er Bracke, wer die scharmanten Schauspieler gewesen seien.

Da sprach Bracke:

»Der Henker, der Abdecker, der Mörder und die Hure.«

Da erblaßte der Kurfürst, holte die Hand zum Schlage aus, besann sich aber und verließ dröhnend das Zimmer.

Es war wenige Tage danach, da wanderte Bracke durch die verschneite Silvesternacht nach Hause gen Trebbin, zu seinem Weibe.

Er schritt wie eine blühende Linde durch den nächtlichen Winter, und in ihm zwitscherte Drossel- und Nachtigallenruf: Grieta! Grieta!

Was für ein Frühling soll das werden, jubelte Bracke, was für ein Sommer! Grieta! Unser Glück soll himmlisch blühen und reifen! Grieta, ich will einen Sohn in dieser Silvesternacht mit dir zeugen, der soll Tiere und Bäume und Sterne reden hören, und das Meer soll sich vor ihm teilen wie vor Mose. Er soll mit seiner Hand den Lauf der Sonne anhalten und den Mond aus der Nacht in den Tag hinüberschleudern. Gebirge wird ihm sein wie Ebene, darauf zu tanzen. Alle Frauen werden seine Schwestern sein.

Da hörte er seitwärts einen Specht an einem Baume hämmern: »Bracke! Bracke!«

Und er blieb stehen und erinnerte sich des Gespräches der beiden Pferde im Stall des Hauptmanns von Schlieben.

»Bracke«, klopfte der Specht, »geh eilends. Dein Weib ruft nach dir.«

Da erschrak er zu Eis. Die Blüten fielen von seiner Linde, Nachtigall und Drossel fielen erfroren tot zu Boden, und es war nur Winter. Kein Frühling blühte, kein Sommer reifte mehr.

Als er aus seiner Erstarrung erwachte, rannte er das Stück des Weges, das ihm noch blieb, keuchend und mit zusammengebissenen Zähnen.

Er rüttelte an seiner Haustür.

Sie war unverschlossen.

Er taumelte ins Zimmer.

Da lag am Herde unter dem flackernden Spane: Grieta, ein Messer zwischen den Brüsten.

Schreiend wie eine wilde Katze zog er das Messer aus der Wunde.

Es zeigte an seinem Knauf den kurfürstlich - brandenburgischen Adler.

Er küßte das Blut vom Messer und reckte es schwörend und beschwörend in den Klang der Glocken, die eben das neue Jahr einläuteten.

Der Kurfürst erwachte, sprang aus den Kissen und trat vor den Spiegel:

Welch hohe Stirn! Herbergend Gedanken der Herr- und Göttlichkeit! Die Brauen – wie edel geschwungen! Lazertenschwänze! Diese Brust – über die Rippen gespannt wie eine Pauke. Die Augen – Brandstifter der dürren Stroh- und Reisigwelt. Gefährten der rasenden Gestirne. Hier hämmert das Herz, Rotspecht, am Baume der Brunst. Die Füße zerstampfen die Narzissenbeete und Getreideäcker, bis die Engerlinge aus dem zerwühlten Humus ans Licht fliegen und der blinde Maulwurf ihnen folgt. Diese spitzen, weißen Zähne: zerbeißen lebende Küken gern. Ach! einer Frau die Kehle durchbeißen in der Umarmung und im letzten Schauer ihr Blut trinken. Ich bin die Kraft, die Wildheit und die Würde. Ich sehe nichts, was meiner Anbetung wert wäre außer mir.

Er fiel vor seinem eigenen Spiegelbilde nieder und erwies ihm göttliche Ehren.

Der Bildhauer Dörfler ward beauftragt, ein Standbild des Kurfürsten in Lebensgröße zu schaffen.

Der Kurfürst ließ für die Statue einen eigenen Tempel, ganz in Marmor, errichten.

Täglich wurden Messen vor seinem Bilde gelesen und ihm göttliche Ehren zelebriert. Das Standbild wurde jeden Tag mit derselben Kleidung bekleidet, wie er sie gerade trug: bald purpurrot, bald orangegelb, bald silbergrau.

Am Tage des Vollmondes wurde im Tempel ein heiliges Gelage veranstaltet, bei dem Perlhühner, Flamingos, Pfauen, Auerhähne und Fasanen dem kurfürstlichen Gotte geopfert wurden.

Der Kurfürst hielt die Zeremonien als sein eigener Oberpriester und schnitt den kreischenden Vögeln mit einem goldenen Messer, dessen

Knauf den kurfürstlich – brandenburgischen Adler zeigte, die Kehle durch.

Als dabei Blut auf sein weißes Priestergewand spritzte, erschrak er heftig und deutete es sich als schlimmes Vorzeichen.

Es geschah, daß ein Sendschreiben vom Kaiser aus ging an alle Könige, Kurfürsten, Herzöge, Grafen, reichsunmittelbaren Herren, Klöster und freien Städte, ihm aus jedem Land und Bezirk den weisesten Mann zu senden, da er ihnen eine wichtige Frage vorzulegen habe und ihre Ansicht über irdische und göttliche Dinge vernehmen wolle.

Da sandte nun der Kurfürst von Brandenburg Bracke nach Wien, indem er ihn für den weisesten Mann in seinen Landen hielt.

Als Bracke in Wien eintraf, waren um Karl den Fünften die weisesten Männer aller Länder versammelt, und man hörte sie in allen Zungen sprechen: Deutsch, Welsch, Spanisch, Italienisch, Türkisch, Griechisch und Lateinisch.

Es wurde aber eine Nachtsitzung bei Kerzenschein anberaumt, damit man von den Geräuschen und dem Glanz des Tages nicht übertönt und geblendet sei und ganz nur in sich hören und hineinsehen könne.

Der Kaiser saß am Kopfende der langen Tafel, klein, mager, hochmütig und behend.

Hinter ihm war ein schwarzer Vorhang, der ein zweites Gemach abschließend verhüllte, und der Kaiser spielte oft in Gedanken mit der goldgedrehten Vorhangschnur.

Als die Uhr zwölf schlug, läutete er mit einer kleinen silbernen Glocke, die vor ihm auf der Samtdecke neben einer Bibel, einem Totenkopf, einer in Metall nachgeahmten Schlange und einem kleinen silbernen Hammer lag. Gleichzeitig zog er an der Vorhangschnur, der schwarze Vorhang teilte sich, und im Nebenzimmer sah man, gleich wie im Hauptsaal, eine Anzahl Männer, nur völlig reglos, um einen Tisch versammelt. Es waren aber Sokrates, Laotse, der Apostel Paulus, Mohammed, Heraklit, Cäsar, der Dalai – Lama, der erste Mikado, der heilige Augustin, der heilige Franziskus und viele der Weisesten, die längst verstorben waren – in Wachs und Gips nachgeahmt und ganz in ihre Tracht gekleidet.

Der Kaiser sprach:

»Geistige und geistliche Herren! – Ich war des Glaubens, bei unserer Verhandlung die Weisesten unter den Toten als stumme Ratgeber herzuzuziehen, damit ein jeder sie und ihr Gedächtnis stets vor Augen habe und keine Leichtfertigkeit der Rede oder des Gedankens aufkomme. Ich stelle nunmehr die Frage: Da Gott bisher namen- und gleichsam körperlos durch die Welt wandelte: *mit welchem Namen soll Gott künftig am treffendsten genannt und geehrt werden?*« Die Lebenden erstarrten wie die Toten, und war unter Statuen und Menschen ein großes Schweigen. Es hatte aber jeder wie der Kaiser eine Glocke vor sich stehen.

Nach einer Weile läutete nun am untern Ende der Tafel ein Weiser in Panzer und Rüstung und sprach:

»Gott soll der Gott der *Macht* genannt werden künftig. Denn er führt wie ein Heerführer die Winde und die Wolken, Feuer und Wasser, Luft und Erde, Tier und Menschen gegeneinander – und hat ihrer aller Leben und Sein in seiner Hand.«

Da erhob sich ein beifälliges Gemurmel auf beiden Seiten.

Der Kaiser nickte leise mit dem Kopf.

Im Nebenzimmer die Gipsfigur des Cäsar schien plötzlich verschwunden.

Nach einer Weile läutete eine zweite Glocke, und in der Mitte der Tafel erhob sich ein Kaufherr in braunem Tuchrock und sprach:

»Gott soll der Gott des *Reichtums* genannt werden künftig: denn ihm gehören Dörfer und Städte, Gold und Edelstein und Metalle unter der Erde in unnennbaren Werten, Wälder, Felder und viele exotische Besitzungen, Herden von Kühen, Ziegen und Schweinen, Fische und Planeten, Nord- und Südpol.« Ein beifälliges Gemurmel erhob sich wiederum.

Im Nebenzimmer der Mikado ... wurde nicht mehr gesehen.

Nach einer kleinen Weile läutete die Glocke ein Mönch in der Tonsur des Franziskaners. Der sprach unendlich gütig, aber mit schwerer Stimme, da ihn das Asthma plagte:

»Gott soll der Gott der *Liebe* genannt werden künftig. Denn er ist uns wie ein Bruder zu seinem Bruder, wie eine Mutter zu ihren Kindern. Er hat uns aus Liebe geschenkt dieses Leben: Baum und Frucht, Tier und Speise, Rebe und Trank zu unserer Freude. Er hat die Sonne erschaffen, daß wir gewärmt werden, die Sterne, daß wir in der Nacht das Licht nicht vergessen. Tun wir recht, so ist er voll Milde. Sündigen wir, so zeigt er sich voll Gnade. Er ist nicht als Gnade, Segen und Güte, Liebe und Liebe. Misericordias Domini in aeternum cantabo.«

Da erscholl ein weitaus heftigerer Beifall als bisher, und alle dünkte fast, als habe der Mönch recht gesprochen.

Im Nebenzimmer der Platz des heiligen Franziskus war leer geworden.

Als man sich nun besprach und dem Mönch die Krone der Weisheit zu reichen gedachte, da stand Bracke auf, daß der Stuhl hinter ihm polternd zusammenfiel, und schwang schrill seine Glocke.

Augenblicklich trat Ruhe ein, und alle betrachteten verwundert den ärmlich gekleideten Mann, der, die meerblauen Augen auf die bewölkte Stirn des Kaisers gerichtet und diese gleichsam wie eine Sonne aus den Nebeln schälend, schrie:

»Gott soll künftig mit dem Namen des *Kaisers* genannt werden – denn dieses ist die Antwort, die der Kaiser zu hören wünscht.«

Da wurde es stumm, leer und hell wie unter einer Glasglocke. Die Fliegen summten.

Die Falten auf der Stirn des Kaisers hatten sich geglättet.

Er starrte auf den Totenkopf vor seinem Platz. Im Nebenzimmer entschwand Heraklit, der dunkle.

Und Bracke schwang noch einmal die Glocke: »Es gibt ein Spiel, es wird im ›Bernauischen Keller‹ in Berlin gespielt und im ›Schweidnitzer‹ in Breslau, es ist gewiß auch der Majestät in Wien nicht unbekannt: Der Stein ist stärker als das Messer. Das Messer ist stärker als das Papier. Das Papier ist stärker als der Stein.«

Da löste sich im Nebenzimmer die Figur des Laotse in Licht und Luft auf.

Bracke schnellte seine Stimme auf das Herz des Kaisers wie einen Pfeil vom allzulange gespannten Bogen:

»Du hast Gott versuchen wollen: denn wahrlich, dein Wahnwitz hält sich für Gott, da du der Gott des Reichtums, der Gott der Macht und der Gott der selbstherrlichen, nicht innerlichen Gnade bist. – Der *Teufel* bist du«, schrie er, »und mit diesem Namen soll *dein Gott* künftig genannt werden ...«

Der Kaiser sprang aschfahl wie eine an der Schnur gezogene Marionette auf, um wieder, als wäre der Faden plötzlich gerissen, herab in den Stuhl zu fallen.

Bracke war aus dem Saal verschwunden.

Mit ihm, aus dem Nebenzimmer, Sokrates.

Als Bracke Wien verließ, schlug er an das Tor des Stephansdomes folgende Thesen:

Volk, wach auf!

Kaiser, wach auf!

Es wird nicht Friede auf Erden sein und unter den Menschen, ehe nicht des Kaisers Majestät friedlich geworden. Erkennt, Herr Kaiser, die Zeit! In ihr: die Blüte der Ewigkeit! Die Macht ist ein tönerner Götze, wenn Geist, Güte und Gerechtigkeit nicht mit ihr verbunden. In den öffentlichen und geheimen Kabinetten Wiens herrscht das Untertanenprinzip und das Prinzip der freiherrlichen Gnade. Rechte aber, Majestät, werden nicht verliehen. Sie sind ursprünglich da, sind wesentlich und existieren.

Gebt auf den Glauben an ein Gottesgnadentum und wandelt menschlich unter Menschen! Zerblast die Gipsfiguren der Vergangenheit mit dem Sturmwind Eures neuen Atems. Legt ab den Purpur der Einzigkeit und hüllt Euch in den Mantel der Vielheit: der Bruderliebe. Macht Euch frei von dem Wahne der Ahnen. Vergessen sei Euer Wort: Regis voluntas suprema lex. Seid der erste Fürst, der freiwillig auf seine Erbrechte verzichtet und sich dem Areopag der Menschenrechte beugt. Euer Name wird dann als wahrhaft groß in den neuen Büchern der Geschichte genannt werden, in denen man nicht mehr die Geschichte der Dynastien, sondern die Geistesgeschichte der Menschheit schreiben wird. Dann werdet Ihr das Kaisertum auf Felsen gründen, während es jetzt nur mehr ein Wolkengebilde ist, das, wenn Ihr die Zeit nicht erkennt, wie bald im steigenden Sturm verflogen sein wird. –

Die Häscher des Kaisers rissen das Pergament von der Kirchentür. Zu spät. Abschriften davon wanderten durch das ganze Römische Reich und hingen plötzlich an allen Kirchen- und Ratstüren.

Bracke ward verfolgt, aber es gelang ihm, sich den nachjagenden Reitern zu entziehen, und glücklich gelangte er wieder in die Mark Brandenburg.

Bracke stand auf dem Marktplatz von Berlin, von vielem Volk umgeben, und erzählte ihm dieses chinesische Märchen:

Es lebte im alten China zur Zeit der Thangdynastie, die in große und gefährliche Kriege gegen ihre Nachbarn verwickelt war, ein Narr; der wagte es eines Tages, sich den Zopf abzuschneiden und also durch die Straßen von Peking zu marschieren. Der Wagemut dieses Unternehmens verblüffte die gelbmäntlichen Soldaten des Kaisers derart, daß sie ihn für einen Irren hielten und unbehindert passieren ließen. Er wanderte durch Peking – über Land – immer ohne Zopf – und gelangte über die Grenze nach einem Lande, das sich in den Thangkriegen für neutral erklärt hatte.

Von dort richtete er schön auf Seidenpapier und anmutig und bilderreich stilisiert einen Brief an den Kaiser Thang, in dem er mit jugendlicher Freiheit zu sagen wagte, was eigentlich alle dachten, aber niemand sagte, nämlich: er, der Kaiser, möge doch sich zuerst den veralteten Zopf abschneiden und so seinen Landeskindern (nicht: Untertanen – denn untertan sei man den Göttern oder Buddha) mit erhabenem Beispiel vorangehen und der neuen Zeit ein leuchtendes Symbol geben. Es sei eines großen und überaus mächtigen Reiches nicht würdig, nach außen so stark, nach innen so schwach zu sein.

Der Narr rezitierte diesen Brief, von Reiswein und edler Gesinnung trunken, seinen Freunden eines Sonn – Abends, worauf er ihn mit einem reitenden Boten nach Peking sandte.

Die Ratgeber des Kaisers gerieten in große Bestürzung. Sie enthielten dem Sohn des Himmels das Schreiben des Narren vor und verboten bei Todesstrafe, die darin enthaltenen Ideen ruchbar werden zu lassen.

Der Narr liebte sein Vaterland sehr. Die Liebe zu ihm hatte ihm den Pinsel zum Brief in die Hand gedrückt und das Kästchen mit schwarzer Tusche. Aber seine wahrhaft unschuldig getane Tat wurde ihm von allen Seiten falsch gedeutet. Die Denunzianten bemächtigten sich seiner, während er fern der Heimat weilte, und beschuldigten ihn bei den Behörden des Kaisers des Vaterlandsverrates und der Majestätsbeleidigung. Ja, sie gingen so weit, zu behaupten, er habe den Brief im Auftrag der Feinde geschrieben und stehe im Dienste der mongolischen Entente. Andere wieder verdächtigten sein chinesisches Blut und schimpften ihn einen krummnäsigen Koreaner.

Der Narr wagte eine heimliche Fahrt in die Heimat und erfuhr zu seinem Entsetzen, was über ihn gesprochen und geglaubt wurde. Er, der in der Ferne nur seinen blumenhaften Träumen gelebt hatte, wurde beschuldigt, Flugblätter über die Grenze an die Soldaten des Kaisers gesandt zu haben, die dazu aufforderten, das Reich dem Feinde preiszugeben. Der Narr geriet in Bestürzung und Tränen. Er zog sich wie eine Schnecke ganz in sich selbst zurück, mißtraute auch seinen wenigen Freunden und reiste heimlich, wie er gekommen war, ins fremde Land zurück. Er dankte es der Gnade der Götter, daß er die Grenze noch passierte, denn die Häscher des Kaisers waren auf ihn aufmerksam geworden. Reiter jagten hinter ihm her. Ein plötzlich einsetzender Platzregen hinderte sie am Vorwärtskommen. Beauftragt, den Narren nach der nordchinesischen Festung Kü-S-Trin zu bringen, erreichten sie eine halbe Stunde zu spät die Grenzpfähle. – Dem Kaiser hing der antiquierte Zopf noch lange hinten herunter. Er wußte nichts von dem Narren und seinem Brief und ließ das Schwert und nicht den Geist regieren.

Der Narr lebte fürder einsam an einem melancholischen See.

Er blickte, das Haupt auf das Kinn gestützt, auf die grünen Palmen und die violetten Berge. Die Möwen kreuzten kreischend über ihm. Sein Herz suchte in manchen Nächten das Herz des Kaisers. Auch der Kaiser spürte auf seinem goldenen Thron zuweilen ein sonderbares Sehnen: er wußte nicht, wonach ... Er neigte das Haupt in die Hand, der Zopf zitterte, und er dachte angestrengt nach ... Aber die Herzen des Narren und des Kaisers fanden sich nicht. Ein Gebirge erhob sich steil und felsig, baum- und weglos zwischen ihnen, und wenn sie nicht gestorben sind, so leben sie heute noch ...

Der Kaiser in Wien aber verfiel in Tiefsinn, und es geschah, daß er nicht wenig später nach Spanien reiste, dem Thron und der Welt absagte und in ein Kloster ging.

Der Kurfürst ließ sich in einen Sarg legen und unter Vorantritt von Priesterchören, dem Kapitel der Beginen und unter Wehklagen des Volkes an die Spree tragen.

Dort erwartete ihn der Conte Gaspuzzi als Charon. Er fuhr ihn mit langsamen, feierlichen Ruderschlägen in einem mit schwarzem Samt ausgeschlagenen Boot nach dem andern Ufer, das zu den kurfürstlichen Gärten gehörte, wo ein junger Dichter ihn als Homer und Bracke ihn als Achilleus begrüßten. Die Kurfürstin trat als der Schatten Helenas hinzu, dessen er aber auf keine Weise habhaft zu werden vermochte. Bleich und schleierhaft entglitt sie ihm wie eine Erscheinung unter den Händen.

Homer hielt in wohlgesetzten Hexametern eine Lobrede auf den verstorbenen Kurfürsten, den unüberwindlichen Helden, bezaubernden Zitherspieler, starken Fechter, liebenswürdigen Liebhaber und unsterblichen Dichter.

Achilleus schüttelte ihm die Hand und nannte ihn seinen Kameraden und Bruder.

Darauf lud der Kurfürst die Toten ein, mit ihm ins Leben zurückzukehren.

Charon sei sein Sklave, seines Winkes nur gewärtig.

Sie traten ans Ufer. Die schwarze Barke näherte sich. Und unter Trompeten- und Zimbelklang, unter dem Jubel des Volkes kehrte der Kurfürst mit Homer, Achilleus uns Helena wieder ins Leben zurück.

Der Kurfürst schenkte Bracke zum sichtbaren Zeichen seiner Gnade ein goldgesticktes kurfürstliches Gewand.

Bracke wollte, den Mantel um den Leib geschlungen, das Audienzzimmer verlassen, aus dem sich der Kurfürst schon empfohlen hatte, als die Kurfürstin, eine zahme Eule auf der linken Schulter, aus dem Nebenzimmer trat.

Sie verneigte sich: »Mein kurfürstlicher Herr ...«

Bracke errötete flüchtig.

»'s ist nur sein Mantel ...«

Die Kurfürstin verneigte sich:

»Mein kurfürstlicher Mantel.«

Bracke lächelte:

»Mein kurfürstliches Wind- und Wolkenspiel!« Die Kurfürstin nahm die Eule von ihrer Schulter und setzte sie auf die Statue der Athene, die das Zimmer zierte.

»Athenes Vogel grüßt Euch. Liebt Ihr ihn? Er sieht nur bei Nacht ... und ist doch das Symbol der Weisheit ...«

»Dieses Leben ... diese Zeit ... ist eine einzige mond- und glücklose Nacht. Wer sie durchschaut, ist schon weise zu nennen. Leuchtete Euer Stern nicht, Kurfürstin, ich verzweifelte zuweilen ...«

»Ihr ... durchschaut das Dunkel? Also auch ... mich?«

»Kurfürstin: Ihr seid das Helle!«

Die Kurfürstin schüttelte das schöne Haupt. »Wenn Ihr Euch täuschet? Wenn ich voll finsterer Pläne wäre – wie Agrippina? Voll Lüsternheit – wie Aspasia? Von wildem Wollen – wie Kleopatra? Wenn dies mein Wesen: Täuschung? Dieser mein Blick auf Lüge nur bedacht? Glaubt Ihr denn in der Tat, daß man in diesem Hause, in diesem Lande, rein und wahrhaft bleiben kann?«

Bracke schrie gepeinigt:

»Ich glaube es, Kurfürstin. Ich glaube an Euch!«

Die Kurfürstin hielt den Ring mit dem Mondstein, den sie an der rechten Hand trug, ins Licht, ließ den Stein weiß über ihrer zarten Haut leuchten und sagte: »Ich glaube ... war die Parole, die Gottes Sohn seinen Streitern gab. Sind wir noch Christen?«

Sie trat auf Bracke zu und reichte ihm ihre Hand:

»Ich liebe Euch, Bracke, und glaube an Euch, wie Ihr an mich. Wenn der Kurfürst längst in der Erde verfault und vermodert und die Erinnerung an ihn die Menschheit mit Entsetzen und Ekel erschüttert – wird ein Wort von Euch, den Jahrhunderten überkommen, noch tausend Frauenherzen bezaubern ...«

Der Kurfürst jagte über die märkische Steppe. Die herbstlichen Wiesen bewegten die braunen, violetten Gräser im leisen Winde. Auf einer zerfallenen, von steinernen Rosenketten umschlungenen Säule saß eine Amsel. In naher Schlucht schluchzte eine Quelle.

In einem Brombeergebüsch ging die Sonne unter.

Weidensträucher zackten sich in den Horizont. Schillernd breitete von einer Thymianblüte ein Pfauenauge die Regenbogenfittiche.

Der Kurfürst zügelte den Schimmel und sprang zu Boden.

Das Pfauenauge entschwebte ins Schwarzblaue, aber er sah an derselben Blume, an der es gehangen, zwei jener sonderbaren und entsetzlichen Tiere, die wegen ihrer flehend erhobenen Arme Gottesanbeter genannt werden, in liebender Umarmung hängen. Mit seinen langen Fühlern streichelte das Männchen die kürzeren des Weibchens. Der Stengel bebte.

Der Kurfürst hielt den Atem zurück.

Die letzte Vereinigung hatte längst stattgefunden. Leicht löste sich das Männchen vom Weibchen. Da fuhr dieses mit dem beweglichen Kopf und seinen anbetend erhobenen Armen, aus denen scharfe Stacheln stießen, blitzschnell herum, umarmte mit den mörderischen Gliedern den wehrlos gefangenen ehemaligen Geliebten – zerbiß ihn gierig und schlang ihn langsam in den Rachen.

Der Kurfürst erhob sich: gemartert. Dies also, sann er, ist die uns von allen Schriftstellern als so gütig geschilderte Natur. Die Tiere sind so schlimm wie wir. Was tat ich, als ich beim Todestage meines Kindes die sieben Juden aufhängen ließ, Schlimmeres? War's größere Sünde, als Brackes Weib den Dolch des kurfürstlichen Meuchelmörders empfing? Nicht genug, daß die Grillen, wenn sie sich begegnen, sich gegenseitig zerfleischen. Nicht genug, daß die Schlupfwespe in sanft kriechende, hellgrüne, mit rosa Sternen bestreute Raupen – Wunder der Schönheit – ihre Eier legt und ihre Larven das wehrlos dem Feinde hingegebene Geschöpf von innen zerfressen. Ein Geliebtes tötet noch in der Umarmung den Liebenden und fügt ihn in grauenvoller Mast zur eigenen Fülle, zum eigenen Wert. Und dennoch: auch dieses ungeheuerlichste Ungeheuer kennt das Opfer. Es opfert sich, ja selbst das innerlich der Liebe zugeneigte Herz: der Zukunft, dem besseren Geschlecht. Der Gatte soll nicht leben, sie selbst – verworfener Wildheit voll – nicht leben, wenn das Geschlecht, das sie beide gezeugt, heraufkommt: unbeschwert von der Vergangenheit der Ahnen und ihrer kaum bewußt: in strahlender Vollkommenheit, unschuldig, jung und schön.

Die Sterne überschwirrten schon wie goldene Vögel die Steppe, als Berlin vor den Augen des Kurfürsten die Ferne verließ und näher eilte.

Da fielen an einer Wegkreuzung aus der Dämmerung plötzlich zwei Männer dem Pferd in die Zügel, daß es bäumte und der Kurfürst nach dem Kurzschwert an seiner Seite griff.

»Fürchte dich nicht«, donnerte der eine, und es war um sie der Glanz der Sterne, »noch weiß es niemand in der Stadt, was wir wissen, und die Welt ist dunkel noch von Unwissenheit und Kinderglauben. Es ist euch ein Mönch erstanden: der wird euch die einzige Tugend, welche die Götter erschufen und die ihr beschmutzet, zertratet und erniedrigtet, wieder in Herz und Gewissen rufen und euch die Seligkeit des Lebens lehren und die Verachtung des Todes. Wäret ihr Menschen dem Beispiel, das wir, die Dioskuren, euch gaben, treugeblieben und hättet ihr eifrig stets unserm Tempel geopfert, unserm Sternbild gehuldigt – der Jude Christus und der Mönch Luther, sie hätten nicht zu kommen brauchen, die Menschen zu belehren und zu beschämen. Geh und berichte in Berlin, was du in dieser Nacht in der märkischen Steppe erlebtest: Götter und Gottesanbeter sonderbarer Art traten vor dich hin. Erkenne die neue Zeit! Das neue Geschlecht! Den neuen Glauben!«

Der Kurfürst strich sich über seine Brauen.

Die beiden Männer waren nicht mehr da.

Er hob den Blick und sah am Himmel Kastor und Pollux in brüderlicher Flamme leuchten.

Am Schlachtensee bei Berlin grüßte auf einer Anhöhe aus wendischer Vorzeit ein kleiner Tempel, der dem heiligen Hunde geweiht war.

In diesem Tempel stand die Statue eines Hundes mit aufgerissenem Maul und fürchterlichen Zähnen.

Mit diesem Hunde hatte es eine wunderliche Bewandtnis.

Wer nämlich einen falschen Eid geschworen und steckte seine Hand in des heiligen Hundes schwarzes Maul, dem biß das zuklappende Maul alsbald die Hand ab. Legte aber jemand, der einen rechten Eid geschworen, seine Hand darein, dem tat das Maul nichts.

Dieses Orakel war schon vielmals ausgeprobt worden, als der Kurfürst, der das innige Verhältnis seiner Gattin zu Bracke ahnte, beschloß, sie auf die Probe zu stellen.

Er zog mit Gefolge an den Schlachtensee und sprach zu ihr:

»Halte deine Hand in das Maul des Hundes und schwöre mir, daß kein Mann seit deiner Geburt dich berührt hat als ich allein!«

Da stürzte ein Irrer, vermummt und heulend, durch die Reihen, fiel dem Kurfürsten um den Hals und küßte ihn, danach die Kurfürstin und viele andere anwesende Herren und Damen, ehe es gelang, ihn festzuhalten.

Die Kurfürstin zeigte sich auf das äußerste erschreckt über diesen Zwischenfall.

Der Kurfürst aber sprach:

»Wir wollen uns durch den Irren in unsern Zeremonien nicht stören lassen ... leg deine Hand ins Maul des Hundes und schwöre!«

Da legte die Kurfürstin ihre kleine Hand zwischen die Raubtierzähne des heiligen Hundes und sprach:

»Ich schwöre, daß seit meiner Geburt kein Mann meinen Leib berührt hat als der Kurfürst und dieser unselige Irre ...«

Das Maul des Hundes rührte sich nicht.

Seine metallenen Augen glotzten unentwegt. Da fiel ihr der Kurfürst um den Hals und sagte:

»Du hast die Probe bestanden.«

Und sie fuhren mit Trompeten und Gesang nach Berlin zurück. –

Es war aber jener vermummte Irre niemand anders gewesen als Bracke.

Bracke saß am Fluß und angelte.

Es war ein trüber, regnerischer Tag, der dem Fischfang günstig ist. Aber trotzdem wollte kein Fisch anbeißen.

Endlich fühlte er seine Angel schwer werden. Er zog und zog mit allen Leibeskräften.

Welch prächtiger Hecht! dachte Bracke.

Ein letzter Ruck.

Da zog er an seiner Angel einen eisernen, über und über verrosteten Landsknechtshelm auf den Rasen.

Bracke erblaßte. Es gibt Krieg! –

In einem Garten sah Bracke, wie ein Gärtner beim Umgraben eine Maulwurfsgrille aus Versehen mit einem Spaten spaltete. Und wie nunmehr die vordere Hälfte in unverminderter Freßgier ihre eigene Hinterhälfte auffraß. Und erst dann krepierte.

»So ist es, wenn zwei Völker Krieg führen«, sprach Bracke zu dem Gärtner. »Sie sind im wesentlichen und eigentlichen ein Volk – das der Krieg spaltet. Und welches von den beiden Völkern auch siegen mag – es wird ihm gerade gelingen, das andere aufzufressen, ehe es selbst krepiert. Da eins ohne das andere nicht leben kann.«

Bracke kam eines Tages in eine Burg des Grafen Schierstädt.

Diese Burg war trefflich gerüstet für einen längeren Feldzug und auf Monate verproviantiert.

Tiefe Wassergräben umgaben sie.

Mauern drohten steil.

Aus Schießscharten lugten Kartaunenrohre wie offene Mäuler bissiger Hunde.

Auf dem Turm stand Tag und Nacht ein Wächter, bereit, bei offenkundiger Gefahr sofort ins Horn zu stoßen.

Die Burg galt für uneinnehmbar.

Als Bracke abends unter der Linde im Burghof stand und in die Sterne sah, vernahm er Geflüster.

Er schlich näher und hörte zwei Knappen des Grafen sich besprechen, wie sie ihn zu Fall brächten und sich in den Besitz der Burg setzten.

Was nützen der Burg die höchsten Mauern, die tiefsten Gräben? dachte Bracke.

Von innen heraus ergreift uns ja stets der unheilvollste Feind – aus unserm eigenen Herzen.

98

Krieg muß wieder sein! Die Spree muß Leichen schwemmen! Warum ereignet sich unter meiner Regentschaft nichts? Keine Pest, die den Gesichtern der Menschen schwarze Masken vorbindet, bis sie auf ihren blauen Bauch tot niederfallen. Keine Hungersnot, daß Mütter ihre Kinder fressen und Jungfrauen vor Hunger in einen Rausch der Hurerei fallen. Die Erde soll sich öffnen und Berlin verschlingen. Ganz Berlin müßte in Flammen aufgehen. Gott ist mir nicht gewogen, daß er mich so ... glücklich leben läßt. So in Ruhe und Frieden. Ich will einen Krieg führen!

Der Kurfürst zog, hölzern auf einem Schimmel reitend, mit zehn Kompagnien Soldaten gegen die slawischen Barbaren.

Es kommt zu einem erbitterten Handgemenge, bei dem ihm eine Ohrmuschel halb abgehauen wird. Er ist entzückt.

Er beschenkt, den Slawen, der ihn so zugerichtet, mit hundert Gulden und ernennt ihn zum Offizier seiner Leibgarde.

Im Triumph zieht er an der Spitze seiner siegreichen Truppen in Berlin ein.

Der Rat geht ihm bis an Hallesche Tor entgegen.

Kinder und Damen der Gesellschaft streuen weiße Nelken, seine Lieblingsblume.

Man spritzt wohlriechende Düfte über die einziehenden Krieger.

Von schnell errichteter Tribüne sehen die vornehmen Frauen dem Treiben zu.

Der Kurfürst reitet bis an die Hofloge und hebt das Schwert.

Er trägt keinen Helm. Nur eine Binde um die Stirn zum Zeichen seiner Verwundung.

Die Kurfürstin blickt starr auf die in der Sonne funkelnde Schwertspitze.

Leiser Wind über der Steppe. Die Gräser zittern silbrig.

Kleine rotgeflügelte Heuschrecken schwingen sich von Halm zu Halm. In einem Gebüsch schreien junge Amseln.

Ein Hase hoppelt über die Stoppeln, von einem Schwarm schwarzer Raben krächzend verfolgt. Er lahmt. Er läßt die steifen Löffel sinken. Ein Krieger, der nach aussichtslosem Kampf das Schwert senkt. Seine gläsernen Augen spiegeln noch ein letztes Mal den abendlichen Himmel: rote und gelbe Wolken auf violettem Grunde. Aber zwischen ihnen blinzelt ein erster Stern: des ewigen Hasen gutes, goldenes Auge. Bald bist du bei mir, blinkt dieser Blick, habe Vertrauen zu mir! Bald ist

Kampf und Verfolgung, Lebensangst und Todesqual vorbei. Bald bist du bei mir. Bald ist ewiger Friede. Auf der Himmelswiese springst du leichtherzig umher. Dort gibt es keine Jäger und Hunde, keine Füchse und Raben. Nur sanfte und zärtliche Hasen, und ich, der ewige Hase, regiere mit mildem Zepter das selige Hasenreich.

Die beiden vordersten Raben stießen scharf hernieder. Ihre spitzen Schnäbel drangen dem Hasen durch die Lichter bis ins Hirn.

Am Horizont der Steppe weht eine Wolke auf. Es sieht zuerst aus, als lockere sich der Erdboden und als werde ein Maulwurf ihm entsteigen. Aber der Staub wirbelt höher und höher, und in den Staubwirbeln rollen schwarze Kugeln. Hunderte, Tausende. Die Kugeln rollen näher.

Es sind Pferde, wilde Pferde, Hunderte, Tausende, eine ganze Herde. Sie galoppieren, und ihre Hufe scheinen kaum die Spitzen der Gräser zu berühren. Sie kommen von Osten. Sie rasen gen Westen. Der vorderste Hengst trägt die Abendsonne auf seinem Rücken. Plötzlich ein Pfiff.

Die Herde steht. Die Flanken beben und dampfen. Die Nüstern rauchen. Aus den Pferden wachsen menschliche Leiber empor. Aus Mähnen, darein sie vergraben, tauchen bärtige Gesichter. Beine lösen sich von den Pferdeschenkeln und streifen den Erdboden.

Der auf dem vordersten Hengst erhebt seine Stimme. Er schwingt eine Keule aus Menschenknochen:

»Wir wollen das Römische Reich zu Tode hetzen wie die Raben dort den alten Hasen!«

Sturm über der Steppe. Die Horde jagt in die Dämmerung. Das Aas eines Hasen bleibt zurück. Ameisen melden der Erde seinen Tod.

Bracke sprach:

»Ich sah eine tote Schildkröte vor Eurem Schlafzimmer liegen, den Bauch nach oben. Ihr wißt, was es bedeutet.«

Der Kurfürst lächelte:

»Welch süßer Morgen! Riechst du die Kirschenblüten?«

Bracke kaute die Worte:

»Ich war gestern abend betrunken. Ich war in einer Schenke im Krögel. Eine grüne Laterne hing draußen. Ich ging hinein. Man kannte mich nicht. Dort saßen sieben Männer um den Tisch, und der Einsiedler vom Berge, mit seiner spitzen Kappe, war darunter. Sie hatten ihre Messer in die Tischplatte gehauen und rauchten Rosenblätter.

Sie sprachen kein Wort. Der Einsiedler lächelte dumpf aus seinem fetten Gesicht. Als er sich nachher erhob, sah ich ihn an einem Eisenstab gehen. Es war ein Eisenstab, und er schwenkte ihn wie ein Bambusrohr.«

Der Kurfürst flüsterte:

»Wozu erzählst du mir Märchen – an diesem Tag, der schöner als das schönste Märchen. Nach dieser Nacht!«

Er erhob sich und schritt leise an einen Vorhang:

»Sie schläft, ich höre ihre Atemzüge.«

Bracke sprach:

»Sie hat ein besseres Gehör als Ihr. Sie hört selbst im Schlaf. Sie weiß, daß Ihr jetzt über diesen Teppich geht.«

Der Kurfürst seufzte:

»Ich möchte Kahn fahren. Der Fluß rauscht. Eine Silberweide spielt mit ihm.«

Bracke zerrte die Worte wie an einer eisernen Kette aus seinem Mund:

»Er bringt Leichen. Gestern unter der Brücke fing sich ein Soldat in Uniform am mittleren Holzbock. Sein Gesicht war gedunsen wie ein Kürbis. Die Wellen schlugen seine Arme im Takt an den Holzbock. Es war, als wolle er die Leute auf der Brücke um Aufmerksamkeit ersuchen. Als wolle er irgend etwas Wichtiges und Wildes reden. Die Leute blieben oben auf der Brücke stehen. Die Frauen schrien. Jede glaubte ihren Mann zu erkennen. Ein Zuckerbäcker schrie:

»Wozu haben wir Krieg, wie? Tod dem Kurfürsten! Er sitzt auf seinem Thron, und man sieht ihn nicht hinter seinen Mauern. Aber er ist an allem schuld.‹«

Der Kurfürst schloß die Augen:

»Bin ich an allem schuld, sag's!«

Bracke fuhr fort, die Kette abzuwickeln:

»›Still‹, sagte ein anderer, ›er ist ein Sohn des Himmels, und wir sind nur dreckige Kinder der schmutzigen Erde. Er hat recht, uns zu zertreten, denn wir sind Gewürm vor ihm und viele Tausende. Er aber ist nur einer.‹«

Der Kurfürst öffnete die Augen:

»Die Stafette gestern meldete einen großen Sieg. Ich werde wieder ins Feld gehen. Ach, ich bin so müde – trotz allem. Ich will nicht mehr morden.«

Bracke ließ die Kette klirren:

»Und dennoch mordest du – läßt Mord geschehen, damit du einige Provinzen mehr erpressen kannst und in einigen Provinzen mehr der Mensch vor deinem Bilde in den Staub sinkt.«

Der Kurfürst zog den Mund breit:

»Ich schäme mich oft für die Menschen, wenn ich sie vor mir im Staube sehe. Es ist unwürdig: für sie und mich. Warum tun sie es?«

Bracke sprach:

»Sie sind schwach wie du! Sie wissen von nichts. Sie glauben – an was? an Geld, Geilheit, Seidenstoffe, Wein, Dirnen, Stockhiebe, an Kopfab, Kopfab, wie du. Wenn sie in den Spiegel sehen, erkennen sie ihr eigenes Bild noch nicht ... wie du.«

Der Kurfürst dachte nach:

»Es ist sonderbar – die Rebellen, den Einsiedler vom Berge, den wunderlichen Conte Gaspuzzi, dich, überhaupt alle, die gegen mich sind, kann ich achten. Sie, die mir nach dem Leben trachten, sind meine nächsten Verwandten, ja: fast Freunde. Ich glaube manchmal, auch du, Bracke, bist ... mein Freund ... du trägst nicht umsonst das Messer mit dem brandenburgischen Adler an deiner Seite ...«

Der Kurfürst schluchzte lautlos.

Bracke trat ans Fenster und sah einen Lindenbaum, von dem die Blüten zur Erde stoben.

Mißernte erzeugte eine Hungersnot.

Nirgends war Korn zu haben oder zu unerschwinglichen Preisen. Das Vieh: Kälber und Schweine, fielen in Krankheiten, die ihr Fleisch ungenießbar machten.

Selbst an den Tischen der Reichen aß man nur noch mit der Hand gepreßten Ziegenkäse und Früchte.

Um die vorhandenen Lebensmittel zu rationieren, erließ der Kurfürst ein Verbot, in den Schenken Gekochtes und Gebratenes, mit Ausnahme von Kohl und Hülsenfrüchten, feilzuhalten. In den Volksküchen durfte am Tage nur ein Gericht gegeben werden, und jeder Gast hatte nur Anspruch auf eine Portion.

Der Luxus der kurfürstlichen Tafel aber ließ in keiner Weise nach. Dort speiste man noch Schweinskopf mit Himbeersoße, Trüffel, gehackten Kalbsbraten, ausländische Hühner und feines Weißbrot.

Es erbitterte das Volk auf das höchste, als ein Getreideschiff aus Stettin eintraf, das nur für die Hofhaltung bestimmt war.

Die Menge bildete zähnefletschend Spalier, als vom Hafen die Getreidesäcke auf Eseln in das Schloß wanderten.

Als aber ein rebellischer Stallmeister von den kurfürstlichen Marställen berichtete, die Pferde des Kurfürsten, besonders seine beiden Schimmel, die er fast vergötterte, würden noch mit der feinsten Gerste und den erlesensten Leckerbissen gefüttert –, da sammelten sich allerorten erregte Volkshaufen, die sich zu Kolonnen zusammenrotteten und im Takt durch die Straßen marschierten, während sie alle fünf Schritte dumpf und eintönig wie aus einem Munde sangen:

>»Wir ... haben ... Hunger.
>Wir ... haben ... Hunger.«

Die Soldaten weigerten sich, gegen die Menge vorzugehen.

Mit verschränkten Armen und zusammengebissenen Zähnen sahen sie den Manifestationen zu.

Den Manifestanten schlossen sich Weiber und Kinder an, und schließlich, erst hier einer, da einer, dann immer mehr: Soldaten.

Unter Vorantritt Brackes und des Einsiedlers vom Berge mit seiner Eisenstange zog der Zug vor den kurfürstlichen Palast.

In einer Sänfte trugen vier Männer eine den Kurfürsten darstellende Puppe.

Sie war von Dutzenden von Messern durchbohrt.

Hin und wieder traten Weiber an die Sänfte und spien der Puppe ins regungslose Antlitz. Eine Mutter schrie:

»Wir wollen das Blut des Kurfürsten ... mein Kind hat Durst ... meine ausgetrocknete Brust gibt keine Milch mehr her ...«

Der Einsiedler vom Berge brüllte:

»Wir wollen unser Recht, des Volkes Recht, über sein eigen Leben und Sterben zu bestimmen. Wir lassen niemand mehr durch den Kurfürsten töten ... Wir töten selbst ...« Die Menge brüllte fanatisiert:

»Wir töten selbst ...«

Ein Mann stieß der Puppe des Kurfürsten sein Kurzschwert bis ans Heft in die Brust.

Der Kurfürst beobachtete von einem Dachfenster aus die Szene. »Sieh da«, grinste er, »die Prozessionsraupe wandert. Wir werden ihr das abgewöhnen.«

Er legte einen Pfeil auf seinen Bogen, zielte auf den Mann und schoß.

Der Pfeil aber verfehlte sein Ziel, und er traf seine eigene Puppe mitten in die Stirn.

Das Volk schrie auf:

»Gott selbst ist für uns. Er schoß vom Himmel einen Pfeil.«

Der Kurfürst erblaßte.

Fluchend warf er den Bogen in eine Ecke, schritt hinab und befahl der im Palast versammelten, ihm treugebliebenen Landsknechtkompagnie, die Menge zurückzudrängen. Mit gefällten Lanzen marschierten sie gegen das Volk, das schreiend und kreischend in die Seitenstraßen zurückwich.

Einsam stand die Sänfte mit der durchbohrten Puppe auf dem Platz vor dem Schloß, auf den die unerträgliche Augustsonne brannte.

Der Kurfürst ging von der Probe zum gefesselten Prometheus müde und gebückt, den linken Fuß ein wenig nachschleifend, durch die Ankleideräume der Schauspieler – er hatte sich seit kurzem eine Schauspielertruppe zugelegt – und eine Galerie, in der Soldaten übten. Von der Galerie führte ein Gang zum Schloß.

Die Schauspieler grüßten ihn mürrisch.

Die Soldaten machten ihm drohend Platz.

Keiner senkte auch nur den Kopf zum Gruße.

»Du da«, der Kurfürst trat auf den ersten, einen riesigen Prenzlauer, zu, »was erfrechst du dich, deinen Kurfürsten nicht zu grüßen?«

Sein Auge sah schief von unten zu dem Riesen empor, während seine magere Hand an seinem Gürtel zerrte.

Der Prenzlauer schüttelte sich, und der Kurfürst fiel wie ein Käfer von ihm ab.

Er kreischte: »Hundesohn!« und zu den andern gewandt, die unbeweglich standen:

»Schlagt ihn tot!« Niemand rührte sich.

Von der Straße klang Kindergelächter.

Ein Händler schrie Früchte aus.

»Schlagt ihn tot!« kreischte der Kurfürst und krallte seine Finger, »ich lasse euch alle hängen, wenn ihr nicht gehorcht.«

Der Prenzlauer reckte sich.

»Sieh zu, daß man dich nicht hängt ...«.

Als wäre der Kurfürst nicht vorhanden, wandten sie sich wieder ihren Übungen zu.

Der Kurfürst ergriff ein hölzernes Übungsrapier, das ihm gerade zur Hand lag, und stolperte geifernd auf den Prenzlauer zu. Der nahm es ihm aus der Hand und zerbrach es wie eine Gerte.

Winselnd vor Wut stürzte der Kurfürst in den Palast.

Er fiel in seinem Arbeitszimmer nieder, und ein Weinkrampf erschütterte ihn.

»Wo ist meine Macht? Daß mir die Soldaten schon nicht mehr gehorchen? Daß ich schon nicht vermag, jemanden töten zu lassen? Ach, wie einsam bin ich! Wie schwächlich! Wie ohne Funken Wirkung noch. – Ich spreche heiser wie eine Krähe.«

Er trocknete mit dem Ärmel seine Tränen und läutete.

Der Diener erschien.

»Heißes Zitronenwasser!« schrie er, »ich bin heiser ...«

Dann hinkte er auf den großen Bibliothekschrank zu, schloß ein Geheimfach auf und entnahm ihm eine kleine, mit einer grünlichen Flüssigkeit gefüllte Phiole.

Der Kurfürst goß den Inhalt der Phiole in das Zitronenwasser und stürzte es in einem Zuge hinunter.

Danach, als ihm der Schweiß auf die Stirn trat und farbige Kreise sich vor seinen Augen drehten, eine gepanzerte Faust sich um seine Kehle preßte, packte ihn eine maßlose Angst. Er schrie: »Hilfe! Hilfe! Hilfe! Man hat mich vergiftet!« Atemlos und entsetzt stürzten die Diener herbei.

»Der Arzt – wo ist der Arzt?«

Der Arzt war sofort zur Stelle. Er gab dem Kurfürsten ein Brechmittel, das ihm augenblickliche Linderung verschaffte. Zusammengefallen, das dünne Haarbüschel wie eine Seehybride aus seinem Schädel wuchernd, saß er, ein schmutziger Affe, in den Decken und kaute Nüsse.

Der Diener, der ihm die Zitronenlimonade gebracht hatte, wurde wegen Giftmordversuches aufgehängt.

Sobald es der Zustand des Kurfürsten erlaubte, reiste er ins Feld ab.

Zwei Landsknechte disputierten:

»Ekel.«

»Dreck.«

»Ich könnte ebensogut mein Weib schlachten und fressen. Meinen Sohn in den Rauchfang hängen und dörren.«

»Ich habe genug Blut getrunken. Ich erbreche mich, wenn ich nur irgendwo eine rote Farbe sehe: eine rote Fahne, ein Abendrot.«

»Wofür morden wir?«

»Damit wir hungern.«

»Damit wir an Darmkrankheiten verrecken.« – »Damit der Kurfürst eine ausgerottete Provinz mehr regiert.«

»Damit die feinen Herren sich desto fetter mästen.«

»Und ihre Huren um so goldener herumspazieren.«

»Unsere Weiber magern ab, daß ihre Brüste keine Milch mehr geben.«

»Unsere Kinder fallen ihnen schon tot wie wurmstichige Birnen aus dem Schoß.«

»Wenn man einen Menschen tötet, wird man gestäupt, gerädert und gehängt.«

»Wenn man tausend Menschen umbringt, heißt man Herr und Feldherr, kriegt eine Perlenkette um den Hals gehängt wie eine Dirne, eine Rosenpforte wird gebaut – jede Rose Sinnbild eines Totenkopfes, den er einem Lebenden vom Halse schlug, und die Dichter singen von seinen Taten.«

Bracke trat zu dem Gespräch hinzu:

»Verflucht seien die Dichter!«

Der eine Landsknecht höhnte:

»Bracke – bist doch selber einer und fluchst deiner Kameradschaft.«

Bracke brüllte:

»Verflucht jedes Wort, das ich zum Ruhme des Feldherrn sprach. Verhülle sich der Mond, platze die Sonne – wenn ich je ein Wort wie Held, tapfer, Ruhm noch in den Mund nehme.«

Die Landsknechte horchten:

»Was willst du künftig sprechen?«

Bracke krampfte die Rechte zur Faust:

»Haß dem Morde, Hymnus dem Leben – auch dem geringsten. Aufgehende Blüte der Sonnenblume! Gang der Schildkröte! Die Flügel der Fledermaus. Einsame Mutter in dunkler Nacht, wenn die Fensterläden krächzen, die Decke vom Dache fällt, der Boden klafft – und Schlangen ihm entkriechen. Liebe der Liebenden in der Bohnenlaube. Umarmung der herrischen Herzen – trotz Tod, trotz Trübsal, trotz Kurfürst, Kaiser und Edikt.«

Der eine Landsknecht lallte:

107

»Wenn der Kurfürst ein Einsehen hätte, – gäbe er sein Kommando ab – ehe wir ihn dazu zwingen.«

Der zweite jauchzte:

»Der Narr sei unser Feldherr.«

»Der Friedliche!«

»Kämpfe du für den Frieden – und uns werden Löwenkräfte wachsen – Geierfittiche unsern Hüften entschießen.«

Die Landsknechte knieten nieder:

»Sieh uns knien – hilf uns.«

Bracke hob die Hände:

»Ich höre Bruderrufe ... wartet der Zeit ... wartet meiner, so werde ich das Banner ergreifen – und euch voranziehen – in den flammenden Kampf: für Mensch und Menschheit, für Friede und Freiheit.«

Der Kurfürst warf sich in seinem Zelt schlaflos von einer Seite auf die andere:

»Ich bin müde. Fächle mir Schlaf, Stern. Ich spüre Wehen. Eines goldenen Windes. Einer Mutter ...«

Ein Vogel sprach:

»Ich bin es. Wehe um deine Stirn. Sei gut! Denke an mich!«

»Geliebte!«

»Hebe die blutbefleckten Hände nicht! Laß mich entflattern, beflecke meine weißen Flügel nicht! Bist blutig!«

»Auch an deiner Brust – blutete ich ...«

»Dein Blut sprang hell – am Schwert gerinnt es dick und grau.«

»Zuweilen lockt es mich: Stoß dir dein Schwert ins eigene Herz. Lösche den Tatendrang durch höchste Tat: die Tat durch Tod.«

»Bleibe ... für ein Frühlingsbeet ... für tanzende Schaukel – Blumenboot auf blauem Fluß.«

»Erinnere mich nicht an jene Nacht, an der ich dir zuerst deine kleinen Brüste küßte. Sie kam so spät. Ich falle auseinander: wie ein Mann aus Mosaik. Ich brauche Fassung ... zur Schlacht. Sprenge die Eisenketten nicht, die meine Glieder halten, mit deinem Gesang!«

»Der Morgenstern schimmert schon auf den Lanzenspitzen deiner Krieger. Erhebe dich und schlage die *letzte* Schlacht – zerbrich dein Schwert – geh zum Feldherrn der Feinde – umarme ihn, sag: Bruder – wir wollen heute ein fröhliches Fest feiern. Deine und meine Soldaten

108

wollen zusammen tanzen – und morgen gehe ein jeder, wohin er will. Wag's! Fasse dir ein, mein, dein Herz.«

Der Vogel entschwebte.

Bracke trat ins Zelt:

»Was wünscht Ihr?«

Der Kurfürst richtete sich schwer aus den Kissen:

»Hier hast du mein Dolchmesser – schneid mir mein Herz aus der Brust – ich kann es nicht mehr tragen – es ist reif wie eine faule Pflaume.«

Bracke sprach:

»Herr, ich weigerte dir nie einen Befehl –«

Der Kurfürst flehte:

»Tu's!«

Bracke sann:

»Du warst kein sanfter Herr.«

Der Kurfürst stöhnte:

»Tu's … reiß mir das Herz aus dem Leibe … es bleibt mir nur … mich wegzutun von dieser und jener Welt. Führe *du* das Heer in ein gelobtes, ein geliebtes Land … das ich nur ahne … das mir zu sehen, zu betreten nicht mehr vergönnt ist. Stoß zu!«

Bracke hob das Messer mit dem brandenburgischen Adler am Knauf und stieß es dem Kurfürsten bis ans Heft ins Herz.

Der Kurfürst fiel tot um.

Bracke hob das Horn des Kurfürsten und stieß hinein. Er riß von einem Gebüsch einen Zweig ab.

Das Heer, ein Ährenfeld von Lanzen, rauschte vor dem Zelt des Feldherrn.

Bracke stieß noch einmal ins Horn.

Dann winkte er mit dem Zweig und sang die Worte mehr, denn er sie sprach:

»Friede … Friede …«

Die Soldaten sanken, die Lanzen umklammernd, in die Knie.

Bracke erwachte im dunklen Walde, am Ufer eines Sees:

»Wo bin ich?«

Ein Baum sprach:

»Bei dir.«

»Ich fuhr über den See –«

»An anderes Ufer.«

»Mich schmerzt das harte Lager –«

»Schmerzt anderes dich nicht?«

Bracke stöhnte:

»Mein Herz.«

»Du warfst es nicht den Fischen vor?«

»Mir fehlte der Mut –«

»Dir fehlte der Grund –«

»Des Sees?«

»Des Seins ...«

»Wo ist der Morgen?«

»Zwischen den Ästen er erscheint.«

»Dunkel?«

»In Hoffnung!«

»Wen trägt er?«

»Alle Kinder ...«

»Auch mich?«

»Auch dich!«

Die Dämmerung graute rosa.

Bracke betrachtete seine Hände:

»Wie widerlich meine Hände sich krampfen! An Mord gewöhnt! Könnt' ich die Sonne erdolchen!«

Der Baum sprach:

»Lästre das Licht nicht! Sonst erschlägt dich mein Wipfel!«

Bracke sah empor:

»Du redest – Baum?«

Der Baum rauschte:

»Im Winde –«

»Deine Kinder sterben ... im Winde ... Blatt auf Blatt fällt zur Erde ... es ist Herbst ...«

»Mein Totes ... stirbt. Aber ich stehe. Was Wurzeln hat, bleibt im Winter ...«

Bracke winselte:

»Vielleicht ... bin ich wurzellos. Sturm knickt mich. Oder ich erfriere ...«

»Du bist kein Baum – nur ein Mensch – Gedanke kann dich retten.«

»Ich bin ein Mörder –«

»Ich hörte es, als du unter mir schliefst. Schon als du atmetest, wußte ich: ein Mörder.«

»So wißt ihr mehr von uns, als wir glauben.« – »Ihr glaubt nur euch. Dies ist eure Lüge. Auch Bäume können beten – und morden.«

»Was tut ihr einem Mörder?«

»Nichts ... er tut sich selbst, was er sich antun muß.«

»Jeder richtet sich selbst?«

»Richtet sich selbst – nach dem Himmel und nach der Erde.«

»Was ist das Böse?«

»Das: Sowohl – als – Auch. Das: Vielleicht – Ja – Vielleicht – Nein –, das: Später – Einmal. Wer gut denkt, ist gut. Sieh hier den Wald – es stehen viele Bäume neben mir: erst viele Bäume machen den Wald. Erst tausend Wälder machen die Welt.«

»Deine Welt ... die Baumwelt ...«

»Und deine Welt ... die Menschenwelt? Besteht sie aus *einem* Menschen – aus dir?« – »Ich büße. Ich flamme.«

»Ganz ist die Sonne aufgegangen. Sieh: ich halte sie mit meinen Ästen. Bis zur Dämmerung lasse ich sie nicht. Sie hängt an mir.«

Bracke entbrannte:

»Sonne – zurück zu ihr – den Weg noch im Hellen gemacht – früh genug noch fallen die Schatten der Nacht auf den goldenen See. Ich eile – ich eile –«

Die Kurfürstin wurde, da ihr sonst nichts vorzuwerfen war, der Hexerei beschuldigt. 111

Sie habe, hieß es in den Anklageakten des revolutionären Volkskomitees, das Berlin in seiner Gewalt hatte, mit ihren schönen, teuflischen Augen die Männer verhext, so daß sie, ihrer Sinne nicht mehr mächtig, umhergetaumelt, ihre eigenen Frauen als häßlich und unansehnlich verachtet und immer nur ihr Bild in sich so hoffnungslos umhergetragen wie eine in einem eisernen Kasten eingeschlossene Reliquie.

In einem johlenden Volkshaufen, an dessen Spitze der Einsiedler vom Berge mit seiner Eisenstange marschierte und der Conte Gaspuzzi mit einer großen Trommel, voll Seligkeit, endlich ein Instrument zur Ausübung der Musik sich überantwortet zu wissen – wurde die Kurfürstin, nur mit einem weißen Hemd bekleidet, die Hände auf dem Rücken zusammengebunden, auf einem Schinderkarren zum Schafott geführt, das vor dem kurfürstlichen Palast errichtet war.

Als sie nun niederkniete und der Henker sein Schwert hob – es war aber der Henker aus Trebbin, mit dem Bracke so oft zusammengesessen und um Tod und Leben gespielt hatte – und sie noch einmal ihre schönen Augen zu ihm emporrichtete und sprach: »Schlag schnell, Henker!«, da ließ er sein Schwert fallen, kniete neben ihr nieder, umarmte sie, löste die Fessel ihrer Hände, sprang auf und schrie über das Volk hin, das zu murren begann:

»Ich erkläre die Delinquentin zu meinem Weibe!«

Das zischte wie ein Peitschenhieb über die Menge. Da schwoll ein Gemurmel auf und ab, wie ein Fluß im Hochwasser durch die Wälder bricht.

Das Volk aber wurde gezwungen, sein eigenes, jahrhundertealtes Recht zu respektieren, danach eine Hexe vom Schafott frei und ihrer Bande ledig sei, sobald ein Mann sich fände, der sie zur Ehe begehrte.

Der Henker hob die Kurfürstin, die in Ohnmacht dahingesunken war, auf seine Arme und trug sie, ohne seiner Last innezuwerden, durch das Volk, das ihm Spalier bildete, zurück auf den Schinderkarren, setzte sich selbst darauf, ergriff die Zügel, schnalzte mit der Zunge und fuhr mit ihr nach Trebbin.

Bracke kehrte nach Trebbin zurück.

Er kam des Abends an und ging in eine üble Kneipe der Vorstadt.

Dort saß er mit dem Henker, dem Mörder und dem Abdecker wortlos beim Wein und würfelte; da öffnete sich die Tür, und herein trat, in einer Kleidung aus grober Leinwand: die Kurfürstin.

Sie trat auf Bracke zu, die Tränen stürzten ihr über die Wangen:

»Bracke, ich habe Euch lieb wie zuvor. Aber jener« – und sie wies auf den Henker – »hat mich vom Schafott errettet. Warum war't nicht Ihr zugegen? Ich habe Euch mit aller Kraft meines Herzens herbeigewünscht. Aber glaubt mir: der Henker ist ein besserer Mann als der Kurfürst. Des Nachts küßt er mich auf den Hals, den er mir hätte zerschlagen sollen, und am Tage fangen wir Schmetterlinge und Eidechsen.«

Bracke fiel, als hätte er zuviel getrunken, vom Stuhl.

Der Henker, der Abdecker und der Mörder trugen ihn auf ein schnell bereitetes Gastzimmer.

Die Kurfürstin saß, seine Hand in der ihren, die ganze Nacht am Bett, in dem er sich fiebrig wälzte.

»*Agnus Dei*« sang sie, »*qui tollis peccata mundi, dona nobis pacem!*«

Novembernebel braute in den Straßen Berlins. Man tastete sich mit Hilfe seiner Laterne immer nur zwei Schritte vorwärts.

Bracke suchte sein Gasthaus, aber er verirrte sich im Nebel.

Als er um eine Ecke bog, sah er einen kleinen, verwachsenen Menschen auf sich zukommen, vorbeigehen und entschwinden. Hundert Schritte weiter tauchte aus dem Nebel wiederum ein Zwerg, um vieles kleiner noch als der erste.

Wenige Straßen weiter kroch ein Wesen aus dem grauen Gespinst, das war wie eine große Spinne, tastete sich an der Mauer entlang und verschwand.

Bracke irrte in den Gassen am Krögel.

Da sah er eine grüne Laterne leuchten, ging darauf los und las unter der Laterne ein Schild, auf dem mit unbeholfener Schrift geschrieben war: Hier ist zu sehen der Mensch, der nicht sterben kann. Eintritt ein guter Groschen. 113

Bracke folgte dem grünen Schimmer, stolperte ein paar Stufen abwärts und stieß eine Tür auf.

Eine fette Frau verlangte ihm den Groschen ab, dann schlug sie einen schmutzigen Vorhang zurück.

Da lag auf einer Bank lang hingestreckt und wohlbalsamiert die Leiche des Kurfürsten; das Messer mit dem brandenburgischen Adler am Knauf stak noch in der Brust.

Ihn schwindelte.

Die fette Frau gluckste.

»Hier ist zu sehen der Mann, der nicht sterben kann – weil er schon tot ist ...«

Bracke stürzte die Treppe empor, dem grünen Schimmer, der ihm wie ein Laubfrosch nachhüpfte, zu entfliehen.

Der Nebel umarmte ihn feucht, er spürte einen fauligen Atem um seine fiebrig erhitzten Wangen wehen.

Er taumelte.

Da spie der Schatten eines Hauses einen riesenhaften Mann von sich, den der Nebel sogleich wieder mit gefräßigem Maul verschlang.

Hundert Schritte weiter warf sich ein Mann auf ihn zu, der schien bis zum zweiten Stockwerk zu reichen.

Der Angstschweiß perlte auf seiner Stirn.

Er war schon kurz vor seinem Gasthaus angelangt, als ein wandelnder Kirchturm, ein riesiger Riese, ihm den Weg versperrte.

Er fiel ohnmächtig platt auf das Pflaster.

Als die Pest ins Land kam, von der die drei kleinen und die drei großen Männer Boten gewesen waren, floh Bracke in die Wälder und nährte sich von Pilzen, Kräutern und wilden Vögeln.

Als er vermeinte, daß die Krankheit erloschen sei, wanderte er aus den Wäldern nach Trebbin.

Da brannte helle Mittagsglut über der Stadt, kein Mensch war zu finden in den Straßen. Die Häuser standen wie sonst, die Blumen blühten, die Brunnen sprangen, die Bäume reiften.

Er trat in die Bäckerei. Da stand der Bäcker am Backofen: tot. Er ging in die Schmiede.

Da lohte das Feuer, und am Kamin lehnten der Schmied und die Knechte: tot.

Auf der Bürgermeisterei im Rathaus war Ratsversammlung.

Da saßen der Bürgermeister und alle Stadtverordneten und Ratsherren im Ornat und ihren Amtsketten: tot.

Und er kam an das Haus des Henkers: da hockte der Henker am Herde: tot.

Ist denn nichts Lebendes, erschrak Bracke. Kein Echo meiner Stimme?

Und er hielt die Hände hohl an den Mund und schrie: »Leben!« Da hub die Uhr vom Rathausturm zu schlagen an. Und aus dem Gehäuse traten die zwölf Apostel, an ihren Hirtenstäben kleine Klingeln, die läuteten.

Er betete ein Vaterunser und lenkte seine Schritte zur Kirche. Weihrauch duftete wie Pfefferkuchen zur Weihnacht.

Rote Glasfenster funkelten blutig in der Sonne. Die Madonna in Holz geschnitzt und bunt bemalt – es war aber die Kurfürstin – thronte in einem Erker auf ihrem Altar, und sie hielt das Jesuskind auf ihren Armen.

Als Bracke die Knie beugte, da neigte sie sich sanft hernieder und legte ihm das Jesuskind, welches alsbald wie ein Menschenkind zu weinen begann, in seine Arme.

Das nahm nun Bracke demütig aus den Händen der Madonna, bettete es an seine Brust und schritt festen und starken Schrittes, sich und dem Kind eine neue Heimat zu suchen.

Die fand er in Crossen, einer kleinen märkischen Stadt am Einfluß des Bobers in die Oder. Diese war vom großen Sterben weniger mitgenommen als andere Städte.

Dort in der Marienkirche stand eine Madonna, die hatte die Arme voll mütterlicher Sehnsucht in den Raum gebreitet, der legte er das Trebbiner Jesuskind auf ihre Hände.

Bei Crossen, in der Nähe des Heidehibbel, hatte sich ein Sumpf durch die jährlichen Überschwemmungen der Oder gebildet.

Auf dem tanzte Nacht für Nacht ein greuliches Irrlicht und lockte die Männer an sich, daß sie elend im Sumpf versanken.

Denn es war anzusehen wie ein Weib, ganz mit goldenen Brüsten, goldenen Haaren und den grünlichen Augen einer Kröte. Da flehten die Frauen Bracke an, daß er den bösen Geist vertreiben möge mit Predigt oder mit dem Schlagen des Kreuzes oder mit herzlicher Beschwörung – indem der Unhold schon fünf rüstige Männer aus der Stadt zu Tode gebracht, die außerhalb des Friedhofes der Rechtgläubigen bei den Juden bestattet wurden, denn so wollte es die Geistlichkeit. Bracke ging in der Nacht über die Aue zum Heidehibbel.

Die Grillen zirpten.

Lauschte nicht der Conte Gaspuzzi, den Kopf leicht seitwärts geneigt, der Grillenmusik? Verschlafene Heuschrecken sprangen.

Saß nicht auf jeder Nasr – ed – din, der Türke? Die Feldblumen dufteten.

Bracke setzte sich am Heidehibbel unter eine Kiefer.

Die Luft begann zu tönen. Der Wind knisterte in den Kiefern.

Der Sand wandelte.

Und er sah in kurzer Entfernung im Schein des Mondes, der auf gelben Strahlen ihm zum Tanze geigte, das goldene Licht tanzen.

Bracke trat darauf zu und faßte mit fester Hand in das goldene Feuer: er ballte es in seiner Hand, wie wenn er einen Menschenhals packte, und zerrte das Goldene zu sich heran aufs feste Land.

»Ich will dich retten, Irrlicht, Wahnlicht, daß du künftig in Ruhe und Wahrheit zu scheinen vermagst.«

Als aber das Licht auf dem Sande stand, da begann es sich zu beruhigen mit seinem Flattern wie ein junger Vogel, wenn die Mutter ihn lockt, oder wie ein unruhig Kind, das man streichelt.

Sacht entwand es sich seiner Hand, stieg aufwärts und ward zum Stern, der noch heutigentags über dem Heidehibbel bei Crossen steht und der Heidestern genannt wird und allen Heidewanderern in Friede und Wahrheit heimwärts leuchtet.

Es brach eine Plage von Ungeziefern über die Stadt herein.

Wanzen, Schwaben, Flöhe, Russen, Tausendfüßler, Kellerasseln, Franzosenkäfer bevölkerten Stube, Küche und Keller, so daß man nicht gehen und stehen konnte, ohne auf die winzigen Bestien zu treten.

Da stellte sich Bracke am Röhrkasten auf den Predigtstein, mitten auf den Marktplatz, das Antlitz nach dem venezianischen Kaufhaus gerichtet, und blies in seine ungarische Trompete.

Beim ersten Ton schon wurden die Insekten unruhig, beim zweiten begannen sie aus Türritzen, Mauerspalten, Fensterlöchern zu kriechen.

Da blies Bracke zum drittenmal.

Die Türen wurden in den Häusern aufgerissen, und ein ekelhafter Haufe des Ungeziefers quoll braun und grünlich auf die Gasse.

Da wartete nun Bracke, bis ihn die ersten, die flinken Franzosenkäfer, erreicht hatten. Und schritt, dem Ungeziefer voran, unaufhörlich blasend, an die Oder.

Dort, wo die Furt ist, an den steilen Wänden bei Goskar, tauchte er in den Strom.

Das Ungeziefer folgte ihm und ersoff elend.

Er aber entstieg der Furt heil am andern Ufer. Aus Dankbarkeit gestattete ihm der Magistrat, fürder das Wappen von Crossen zu führen – jedoch mit einer Wanze über den gezackten Mauern.

Bracke ging über die hölzerne Oderbrücke. Er stieg durch die Weinberge, in der Richtung Lochwitz.

Die Trauben hingen an den Stöcken, schon violett.

Ein Vogel krallte sich an einen Zweig und pickte eine Beere.

Oben auf der Höhe sah er das Sternberger Hügelland im Herbst sich rostrot über dem Horizont wölben.

Dort sind meine roten Berge, sann er. Dahinter liegt das Paradies. Die Ruhe. Der Schlaf im Daunenbett der Ewigkeit.

Und er wanderte – über Lochwitz, durch die Lochwitzer Heide, durch Kiefernwälder, an kleinen, mit Binsen umstandenen und von den letzten

Libellen umschwärmten Seen vorbei. Bis an die Knie oft versank er im
weißen märkischen Sand. 117

Und als er die rostroten Höhen erreicht hatte: da buckelte sich hinter
ihnen verheißend eine neue Hügelkette.

Und hinter diesen stiegen neue Hügel. Und immer so fort.

Da setzte er sich auf einen Wurzelast, der aus dem Boden wucherte.

Ich werde kehrtmachen, dachte er. Es ist immer dasselbe. Ich bin zu
alt, um noch tausend Hügel zu überschreiten – hinter dem tausendsten
möchte wohl erst das Meer liegen. Aber hinter dem Meer – ein neues
Land: mit Palmen, Papageien, Affen und schwarzen Menschen – und
tausend neuen Hügeln.

Es gilt, sich zu bescheiden. In seinem Kreise rund zu wandeln. Dies
ist die Pflicht des Alters.

Zurück also nach Crossen: statt Palmen zu Eichbäumen, statt Papageien zu Spatzen, statt Affen zu Ferkeln, statt schwarzen zu weißen
Menschen.

Ich werde in mein Vermächtnis schreiben, daß man mich auf dem
Armenfriedhof begrabe.

Er liegt den rostroten Bergen am nächsten.

Die Oder, die den ganzen harten Winter derart zugefroren war, daß
man sie mit schweren Lastwagen passieren konnte, zerbarst im Frühling.

Das Treibeis rollte.

Die Schollen krochen an den Eisbrechern der Holzbrücke wie Soldaten an einer Burg empor: einer auf den Schild des andern steigend.

Da geschah, als das Eis schmolz, eine riesige Überschwemmung.

Die Fischerei setzte sich zuerst unter Wasser. Danach die Dammvor-
stadt, die Grabenvorstadt. Und schließlich stand das Wasser bis in die
Roß- und Schloßstraße.

So schnell stieg es, daß manche, die im Erdgeschoß wohnten, nichts
als ihr nacktes Leben retteten.

Hausgerät schwamm durch die Straßen. Ertrunkene Katzen.

Aufgequollene Hunde.

Dazwischen Baumstämme von den schlesischen Gebirgen. Stege
wurden in den Straßen errichtet. 118

Boote vermittelten den Verkehr.

Die Kinder vergnügten sich, in Kübeln wie kleine Piraten umherzu-
segeln.

Als aber das Wasser nicht fallen wollte, als es in einer Nacht wiederum wogte und bis an den Marktplatz schwoll – da schrien die Menschen von den oberen Stockwerken und von den Dächern:

»Wehe! Die Sintflut ist herbeigekommen! Rette uns, Noah, mit deiner Arche!«

Bracke hüpfte mit wehenden Haaren auf den Giebel des venezianischen Kaufhauses und schrie im fahlen Mondschein, während Wolken rasend oft vorübertrieben und ihn verdunkelten:

»Tut Buße! Tut Buße! Denn das Reich der Hölle ist nahe herbeigekommen. Eure Herzen wurden Schlangennester. Eure Augen trübe Pfützen des blutigsten Lasters. Eure Hände, zu liebender Umarmung einst bestimmt, greifen in leere Luft. Das Eismeer trat über seine Ufer. Erratische Blöcke zermalmen den blühenden Garten. Kometen schleifen feurige Schwänze wie Trauerschleppen durch die Straßen: und die Stadt steht steil in Brand. Schlagt euch an eure zerfallene Brust: ehemals göttlicher Dom, nunmehr eine knöcherne Ruine, darin jegliches Unkraut: Haß, Niedertracht, Neid, Unzucht, Lüge, Feigheit, Hochmut wuchert. Schreit, brüllt, kniet in den Kot eurer eigenen Leiche. Schreit: Ich Sünder, ich wandelnder Dreck, eitriger Auswurf eines verwesenden Bonzen. Seliger einst am Saume der Welt; saumseliger, seufzend im Süden, verweint in Nelkenduft, Falter, mit den Flügeln leise atmend auf den Orangenbrüsten der blondesten Frau.

Der Regen blutet aus meiner Wunde.

Die Sonne schlägt mich an feuriges Kreuz.

Ich schäume: rotes Meer. Ich schreie; ich Namenlos, ich Traum: bin schuld am Kriege ... der Seienden ... des Seins.

Ein jeder: Ich. Millionen Ich ... sind schuld, sind schuld.

Die Geißel Gottes knallt.

Ich kenne, bekenne mich: zur Pflicht, zur Verpflichtung, zur Wahrheit, zum Geständnis.

Es gilt, unsere Schuld in die Welt zu pauken, zu posaunen, zu läuten, zu zischeln, zu heulen.

Reißt das Hemd auf. Schlagt euch an die Brust. Bekennt: Ich, ich bin schuldig. Will es büßen. Durch Wort und Tat. Durch gutes Wort und bessere Tat.

Dünke sich niemand zu niedrig, seine Schuld zu bekennen. Niemand zu hoch.

Schwört ab den Taumel! Bekennt euch straff! Bäumt auch zum neuen Willen einer neuen Zeit.

Es geht um den Adel der Erde. Entthront wurde die ewige Kaiserin: die Natur.

Es darf nicht sein: das Gute in der Anschauung haben und begreifen, und schlecht handeln, schlecht sein. Ehe wir nicht danach streben, gut zu sein, anstatt Gutes zu denken, eher haben wir kein Recht, auf den Sieg der Sonne, des Mondes, der blauen Berge und des roten Herzens zu hoffen.

Einmal wird das mythische Feuer herniederfahren und alle heute noch Irrenden und Schwankenden mit Erkenntnis beglänzen und zu entschlossener Tat entflammen.

Mag heute noch Gelächter oder Niedertracht wie Hagel auf uns niederprasseln.

Soldaten der Seele, es heißt standgehalten. Einmal wird die rote Fahne, in unserm Blut getränkt, im Frühlingslichte flattern.

Ihr Sybariten des Blutes: dann seid verflucht! Ihr Heuchler, ihr Unerwachten, ihr Trägen – dahin dann zu den Kröten in die Keller des ewigen Todes.

Ihr aber, Unsterbliche, Unendliche, Legionäre der heiligen Armee, auf, zu den Trommeln, zu den Flöten. Schwingt eure Waffen: den Lilienstengel, die Weidenzweige, daran noch Kätzchen hangen, die Mimosenbüschel, die Sonnenblume. Gott winkt! Uns, seinen silbernen Söhnen!« –

Da stürzte alles auf den Marktplatz, der noch vom Wasser freigeblieben war.

Männer und Frauen entblößten ihre Oberkörper und schlugen jauchzend und heulend aufeinander ein, mit Besen, mit Ruten, mit Stangen, mit Fäusten, und geißelten sich, daß das Blut in Bächen von ihren Leibern floß und daß der Marktplatz bald in rotem Blute dampfte.

120

Sie rissen sich gegenseitig das Haar in Büscheln und die Haut in Fetzen herab und schrien:

»Gnade! Gnade! Buße! Buße!«

Auf dem venezianischen Kaufhaus stand noch immer Bracke drohend wie ein Turmhahn und drehte seine Arme wie Windmühlenflügel im Winde.

Als sie in der Geißelung ermatteten und einander sahen: Mann und Weib: nackte Brüste und Schultern, darüber die roten Blutfäden liefen wie Seidengespinst, ergriff sie die Brunst mit magischer Gewalt.

Wiehernd stürzten sie aufeinander, und die Männer stießen wahllos in die Frauen: bald wie Stiere sie von hinten bespringend, bald wie Schnecken von vorn sich gegen sie erhebend.

Bracke, auf dem Giebel tanzend, schrie:

»Tut Buße! Tut Buße!«

Und Bracke schrieb ein Konzilium der Totengräber in den märkischen und wendischen, pommerschen und mecklenburgischen Landen aus: er bat, sie möchten nach Crossen kommen, er wolle sie die wahre Kunst des Totengrabens lehren.

Da beredeten sich die Totengräber untereinander und beschlossen, der Einladung Folge zu leisten.

Sie erschien also in ihren schwarzen Mänteln zu Hunderten in Crossen, daß die Crossener schier sich ängsteten, und die Gasthäuser waren überfüllt von ihnen.

Auf dem Marktplatz hatte Bracke auf dem Predigerstein eine Kanzel errichtet aus Holz, von der hub er an zu reden, angetan mit einem schwarzen Mantel und einem Totenkopf unter dem Arm: »Ihr Totengräber! Dank zuvor, daß ihr so zahlreich erschienen seid.

Eure Erwartung soll nicht enttäuscht werden. Ich habe euch einen Rat zu erteilen, den gab mir in der Nacht Ahasver, der Ewige Jude, im Traum: damit wird euer Ein- und Auskommen verbessert in alle Ewigkeit.

Beginnt endlich damit, die Lebenden zu begraben! – so braucht ihr nicht zu warten auf den Tod eines jeden. Denn alle, die heute leben, stinken schon in der Verwesung und sind wie tanzendes Aas.

Beginnt mit den hohen Herren oben und begrabt mir endlich einmal« – Brackes Stimme schlug über – »den toten Kurfürsten, der immer noch in mir lebt.

Was braucht ihr noch zu warten, bis ein jeder stirbt? Begrabt die Lebendigen – so werdet ihr jeden Tag Totengeld erhalten, wann immer ihr wollt. Unter die Erde mit den Irdischen!

Dies ist mein Rat, den ich euch gebe: aus Menschenliebe – frei und ohne Entgelt.

Geht nun nach Hause. Grabt. Gehabt euch wohl.«

Und damit stieg Bracke von der Kanzel und wandelte mit dem Totenkopf unter dem Arm in den Ratskeller, wo er ihn sich mit rotem Wein füllen ließ und austrank in einem Zuge.

In Crossen war die Stelle eines Nachtwächters zu vergeben.

Da bat Bracke, man möge ihn in solchen Dienst nehmen.

Er habe vierzig Jahre des Tages gewacht und wünsche nun auch einmal des Nachts zu wachen und aufzumerken, wie es nachts auf der Welt aussehe, indem er pünktlich und gewissenhaft die Stunden zähle und rufe von abends neun bis morgens sechs.

Man zog ihm Kappe und Mantel an, schnallte ihm einen Degen um, gab ihm Stock, Horn und ein Stundenglas in die Hand. –

Und Bracke stand unter den Torbögen oder wandelte durch die mondhellen Straßen. Er sah die Sternschnuppen fallen und den Sand in seinem Glas. Und immer, wenn eine Stunde um und der Sand ausgelaufen war, drehte er das Glas, und der Sand lief von neuem, die Sternschnuppen fielen, die Hunde bellten, und ein Träumender schrie im Schlaf.

Haß, Ekel und Verachtung der Menschen gewannen solche Macht über ihn, daß sie ihn wie mit Zentnergewichten zu Boden drückten. Und ob er wie ein Athlet auf den Jahrmärkten mit ihnen jonglierte und sie zu bändigen trachtete, es geschah, daß ihm beim Anblick eines Menschen derart übel wurde, daß er erbrach.

Er ging auch am Tage stets mit den Händen vor dem Gesicht durch die Straßen, damit er niemand sähe.

Und er ließ sich sein Essen bringen von einer alten Begine.

Als zum Jahrmarkt eine Seiltänzertruppe auf dem Münzplatz erschien, trat er zum Direktor an den Wagen und bat ihn, ob er ihn nicht in freien Stunden vormittags das Seiltanzen lehren wolle.

Der Seiltänzer lachte:

»Ihr alter Mann mit Euern zitternden Gliedern!«

»Ich bin nicht so alt, wie Ihr meint. Ich möchte auf dem Seile tanzen und dann mit einem gewaltigen Sprung vom Seile in die Masse der Menschen springen: auf ihre platten Köpfe: und ihrer ein Dutzend im Fall zerstampfen.«

Da machte der Seiltänzer ein Kreuz.

Und Bracke entwich, vogelartig hüpfend.

122

Bracke ging über den Friedhof.

Er blieb an einem frisch geschaufelten Grabe stehen.

»Ist dies für mich bestimmt?« – Und er gedachte es auszumessen.

Da hörte er Geräusch im Grabe und sah Sand auffliegen, wie wenn ein Maulwurf sich durch die Erde arbeitet.

»Ach, Ihr seid es«, sprach Bracke und sah, wie der Conte Gaspuzzi sich mühsam aus der Höhle wälzte, braun bestäubt wie ein Pfefferkuchenmann.

Bracke betrachtete sein Gesicht, das einem Stück Sandsteinfelsen glich: mit Rinnen und Gängen von Korallentieren. Seine Augen lagen darin wie tote Fliegen in Bernstein.

»Ihr könnt nicht sterben – und ich kann nicht leben ...«, sagte Bracke; »wie alt seid Ihr wohl, wenn es gestattet ist zu fragen?«

»Bei Christi Kreuzgang war ich fünfzig Jahre alt. Der Herr trug sein Kreuz an meiner Wohnung vorbei, es drückte ihn schwer, und er blieb an meinem Hause stehen, der ich gerade in der Sonne saß und in die Mückenschwärme blickte:

›Mein Freund – es ist heiß, gebt mir einen Schluck Wasser.‹

Da rief ich: ›In die Hölle mit dir, Prophet der Ketzer. Einem Ungläubigen das Wasser reichen! P ... und sauf dein eigenes Wasser.‹

Da sprach Christus: ›So sollst du ewig durch die Jahrtausende gehen und unlöschbaren Durst haben nach dem Nichts und nach der Vernichtung: deiner und der Welt, nach dem Tod ... aber du wirst nicht sterben können ...‹

So laufe ich Jahrtausende durch die Welt, lausche auf die Harmonie der Sphären, saufe und saufe das Leben in mich hinein – aus Durst nach dem Tode – und kann nicht sterben.

Ich stürzte mich von der Kuppel des St. Peter in Rom – da glitt ich wie auf einem seidenen Tuch sanft zu Boden.

Ich ließ mich als Gladiator in der Arena Neros zerstückeln und zerfleischen – mein Fleisch fand sich wieder zusammen, und man trug mich als ganzen Menschen aus der Arena, daß selbst Nero vor diesem Zeichen erblaßte.

Ich warf mich in den Vesuv – er hat mich wieder ausgespien.

Ich ging auf ein Schiff, im Gefolge des Kolumbus, das Schiff kam in Sturm und versank, mich spülten die Wellen in Spanien an die Küste.

Ich kann und kann nicht sterben.«

Bracke starrte in das leere Grab.

»Bruder«, lispelte er.

Als Bracke über die Oderbrücke ging, hörte er ein leises Läuten.

Er beugte sich über das Geländer.

Da sah er im Mondschein unten in der Oder die versunkene Stadt liegen.

Die war anzusehen wie seine Heimatstadt Trebbin: Kirche und Plätze und Häuser und Brunnen.

Nur schien alles reicher und bunter und strahlender, vom Glanz der Ewigkeit bestreut, vom Strom der Unvergänglichkeit überflossen.

Aus Marmor waren die Häuser gebaut und die Dächer aus purem Silber.

Die Glocken, die in der Kirche läuteten und die seitwärts zum Gestühl herausschwangen, schienen eitel Gold.

Edelsteine blühten statt Blumen in den Blumenstöcken an den Fenstern und kleine Korallenbäume.

Das Moos zwischen den Steinen zeigte die Patina von Kupfer. Da schluchzte Bracke tief auf, und die Tränen fielen auf den Wasserspiegel und zerstörten in ihrem klingenden Fall das Bildnis seiner Jugend. Die lag nun begraben, tief in der Oder.

Und er mußte sich halten, daß er sich nicht über das Geländer der Brücke schwang und ihr nicht nachsprang in den Fluß hinein: ein englischer Knabe, zu wandeln zwischen den Marmorhäusern und Edelsteinblumen.

Bracke ging in eine Bäckerei und kaufte eine große Tüte Süßigkeiten. Und er stellte sich auf den Markt, rief die Buben und Mädchen und sprach:

»Kommt herbei, ich will Süßigkeiten unter euch verteilen nach der Gerechtigkeit Gottes.«

Und sie liefen schreiend herbei und öffneten ihre Hände.

Da gab Bracke nun dem einen fünf, dem andern zwei, dem vier, dem gar keinen Kuchen.

Da sprachen die Kinder:

»Du bist ungerecht, daß du dem einen mehr und dem andern weniger, dem dritten überhaupt nichts gibst.«

Brackes Bart wehte:

124

»Ich habe euch gesagt, daß ich die Kuchen verteilen wolle nach der Gerechtigkeit Gottes – und also habe ich getan. Denn Gott gibt dem einen wenig, dem andern viel, dem dritten aber gar nichts. Dies ist die Gerechtigkeit Gottes. Es ist nichts Ungerechteres als Gott. Geht nach Hause und erzählt dies euren Eltern und den Pfaffen.«

Bracke rannte einsam durch die Nacht.

Da begegnete er der Wache, die hielt ihn an und sprach:

»Was hast du zu dieser Zeit der Spitzbuben und Räuber auf der Straße zu suchen?«

Bracke drehte seinen Kopf wie eine Schraube. »Ich suche meinen Verstand … er läuft mir davon wie ein rasender Hengst … und ich komme ihm nicht nach … helft mir meinen Verstand wieder einfangen, ihr guten Herren, aber tut ihm nichts mit euren Lanzen und Spießen.«

Es ward aber Bracke kränklich und gebrechlich, da gedachte er in ein Kloster zu gehen.

Und er klopfte an bei den Franziskanern auf dem Neumarkt.

Der Abt öffnete persönlich. Bracke zog den Hut:

»Herr, nehmt mich auf in Euer Kloster, denn ich bin alt geworden und müde der Welt.«

Der Abt fluchte wie sein Zinngießer:

»Als Ihr jung wart und lustig durch die Welt sprangt und schwärmtet, wurdet Ihr ihrer nicht so bald müde und überdrüssig und gedachtet auch in kein Kloster zu gehen. Jetzt erst, da Euch der Teufel an der Gurgel sitzt – verspürt Ihr plötzlich Sehnsucht nach dem Himmel.«

»Das ist wohl wahr«, sprach Bracke, »ich bitte Euch, macht trotzdem einen Versuch mit mir und stellt mich auf die Probe.«

»Gut«, sprach der Abt, »könnt Ihr schreiben?« – »Mit aller Kunst«, gab Bracke Bescheid.

»So werde Euch die Aufgabe, eine Vulgatabibel abzuschreiben …«

Bracke machte sich mit Eifer an die Arbeit. Sein Geist beschwingte sich an ihr, und seine Muskeln dehnten sich bei der guten Klosterkost von neuem mächtig.

Er schrieb fein mit spitzem Pinsel und schwarzer Tusche zuerst das Evangelium Matthäi, danach Markus, Lukas, Sankt Johannes und so fort, überwand auch noch die Acta Apostolorum – aber als er, nach einigen Monaten, an die Apostelbriefe kam (es war inzwischen Frühling geworden), wurde er unruhig, die Arbeit stockte und schlich nur mühsam und langsam wie ein träger Bach weiter. Durch das Gitterfenster seiner Zelle flog sein Blick oft mit den Vögeln ins klare Blau.

Eines Tages nun, als er gerade das P des Apostel Paulus zierlich zu malen im Begriffe stand, sein Auge aber einen Moment vom Pergament hinaus durch das Gitter abirrte, schrak er zusammen. Denn er hatte Nadya, das schönste Mädchen der Stadt, einer Wendin und eines Schiffers Tochter, draußen in der Morgensonne über die Wiese gehen sehen – um derentwillen sich die Schiffer und Landsknechte mit ihren Messern Flüche in die Rippen stießen – und dennoch keiner von ihnen sich auch nur der leisesten Gunst Nadyas rühmen durfte.

Bracke stand vom Schemel auf und begann ruhelos die enge, dumpfe Zelle zu durchwandern.

Seufzend ging er wieder an seine Arbeit. Aber wie er den Apostel Paulus als Initiale recht schön in Rot, Blau und Gold vollendet hatte: lächelte ihm aus der blauen Kutte des Heiligen Nadyas goldenes Gesicht entgegen.

Bracke betete die Nacht durch – aber die Nacht war sinnlich, wie Frühlingsnächte zuweilen sind, in denen schon der Sommer zittert. Mit Gewalt drängte sich die Erinnerung an Nadya auf, an ihren Gang, an ihr Gesicht, an ihre Hände.

Er kämpfte ... eine Woche ... vierzehn Tage ... um Grieta ... um die Kurfürstin ... und jeden Tag in diesen vierzehn Tagen ging Nadya an dem Kloster vor bei. Und ihre braunen Augen kletterten wie Eidechsen an der Klostermauer hoch ...

Um ihr zu entgehen, ließ er sich vom Prior auf eine Predigtreise in die Dörfer schicken. Müde und zerschlagen kehrte er eines Abends zurück.

Er ging zwischen Weidenbüschen, durch die Oderwiesen, nahe schon der Stadt.

Der Mond stand hinter Wolken.

Plötzlich ... er zuckte zusammen ... wuchs vor ihm aus dem feuchten Wiesennebel die Vision einer Frau. Er wollte fliehen.

Sie hielt ihn gepackt.

Er wollte das Kreuz machen.

Sie verhinderte es.

Da ließ er sich willenlos in ihre Arme gleiten. Als sie ihr Gesicht erhob – ihn dünkte, es wären inzwischen Jahre vergangen –, sah sie ihm lange in die Augen, lächelte und nickte mit dem Kopf.

Bracke wagte sich eines Nachts in den Garten am Hause Nadyas.

Sie standen in zärtlicher Umschlingung unter einer Linde – als plötzlich der Mond und mit ihm, aus dem Hause, ein Haufen schreiender und gestikulierender Leute hervorbrach.

Denn die Eltern Nadyas hatten Verdacht geschöpft. Mit Stangen und Keulen wollten sie auf den geistlichen Liebhaber eindringen, dem die Zunge im Gaumen gefror.

Da trat Nadya vor und rief (wie denn die Frauen, *wenn* sie einmal geistesgegenwärtig sind, es mit sehr viel Geist sind): »Fallet nieder und betet, denn seht, die heilige Hedwig ist mir erschienen.«

Da nun fielen sie alle auf die Knie: denn die Kutte des Franziskaners malte sich in der grauen Dämmerung wie ein Frauenkleid ab.

Er aber hob die Arme und segnete sie.

Und öfter noch und unbehelligter ist die heilige Hedwig dem schönen Fischerkinde Nadya erschienen.

»Gut«, sprach der Abt, als die Apostelgeschichte abgeschrieben war, »ich setze Euch nunmehr als Pförtner ein. Hier habt Ihr den Schlüssel. Ersuche Euch aber auf das strengste, nur einzulassen die frommen Brüder – und keine Landstörtzer oder Vagabunden.«

Dies sagte Bracke ihm gewissenhaft zu und setzte sich in die Pförtnerloge.

Als aber der Abt früh zur Messe schreiten wollte, hörte er ein jämmerliches Gestöhn, ging dem Geräusch nach und sah seine Mönche, siebzehn an der Zahl, vom Abendspaziergang her vor der Klostertüre ausgesperrt auf der Wiese hocken.

Bracke aber schlief fest in seiner Pförtnerloge einen guten Schlaf.

Da zerrte ihn der Abt aus dem Schlafe hoch und schrie:

»Bübischer – du hast mir meine Mönche ausgesperrt – ist das die Probe aufs Exempel deiner Befähigung zum Pförtner?«

»Herr«, Bracke rieb sich den Schlaf aus den Augen, »Ihr befahlt mir, nur die wahrhaft frommen Brüder und keine Landstörtzer einzulassen. Eure Mönche, welche huren, saufen und lästern wie der Teufel in der Hölle, sind schlimmer als die Vagabunden und Landstreicher, die kein

Gelübde der Keuschheit und Mäßigkeit abgelegt. Wäre *einer* unter Euren Mönchen, der seine Tonsur mit Recht und Gerechtigkeit trüge – ich hätte ihn eingelassen ...«

Da öffnete der Abt die Pforte, ließ die Mönche herein und jagte Bracke hinaus in den Morgen, über dem eben, strahlend rot wie ein Pfirsich, die Sonne aufging.

Bracke ging an die Oder und bedachte Anfang und Ende, da sah er ein kleines Mädchen, das Wasser aus der Oder in einen leeren Blumentopf füllte, der unten an seinem Boden ein Loch hatte, durch den das Wasser immer wieder abfloß.

Aber unermüdlich schöpfte das Kind.

»Was tust du da?« fragte Bracke.

Das Kind antwortete:

»Ich schöpfe die Oder in diesen Topf ...«

Da besann sich Bracke, daß er sei wie dieses Kind und keinen Deut klüger: daß er, so sehr er sich auch bemühe, den Strom der Ewigkeit zu erfassen, es ihm nicht gelingen werde, mehr davon in seine Schale zu füllen, als dieses kleine spielerische Mädchen aus der Oder in seinen Blumentopf.

»Wenn es mir nun gelingt, die *Richtung* des Stromes zu begreifen, so will ich schon zufrieden sein« – und sah, wie die Oder abwärts floß von Crossen nach Frankfurt, von Frankfurt nach Lebus, von Lebus nach Stettin – und bis ins Meer.

Als Bracke am Ufer der Oder wandelte, fiel ihm sein Buch, in dem er seine Gedanken und Träume zu verzeichnen pflegte, in den Strom. Da ihm das Buch lieb war wie sein eigenes Kind, sprang er, obwohl des Schwimmens kaum kundig, dem Buch nach, bekam es auch zu fassen, sank aber selbst unter und wäre elend ertrunken, wenn nicht ein Schiffer in der Nähe gewesen, der ihn ans Land gezogen. Als er nun im Hause des Schiffers lag und aus der Ohnmacht erwachte, war sein erstes Wort: »Wo ist mein Buch?« Und der Schiffer gab ihm das Buch. Da frohlockte Bracke. Als er es aber aufschlug, da waren es leere, weiße Seiten, die ihm entgegenleuchteten. Das Wasser hatte alle seine Gedanken und Träume weggewaschen und war kein Wort mehr enthalten als nur die Überschrift des Buches; Mein Leben. – Da erschrak Bracke: Wie war ich hochmütig und glaubte, mich in das Buch der Ewigkeit eingeschrieben zu haben, und nun finde ich darin nicht einen Satz, nicht ein Wort, das wert gewesen wäre, bewahrt zu bleiben! – Und nahm das Buch und schenkte es dem Kinde des Schiffers, das gerade in die Schule gekommen war, für seine ersten Schreibübungen.

Im Ratskeller zu Crossen machte Bracke sein Testament.

Er sandte, wie der reiche Mann im Evangelium (ob er gleich keinen Heller zu vergeben hatte), den Knecht vom Ratskellerwirt auf die Straße und ließ verkünden: alle fahrenden Bettler und Vagabunden und Straßenläufer möchten zu ihm in den Ratskeller kommen. Er habe sie in seinem Testament zu beschenken und zu bedenken.

Und er berief einen Advokaten und setzte ihn mit Tintenbüchse, Federkiel, Streusand, Pergament und Siegel neben sich.

Und als die Vagabunden und Vaganten erschienen – es waren ihrer etwa ein halbes Dutzend, die der Ratskellerknecht aufgetrieben hatte –, da ließ er sich von jedem den Namen sagen und vererbte einem jeden, indem er dem Advokaten diktierte, eine Gegend des märkischen Landes zur Streife.

Da vererbte er dem rothaarigen Hannes die Perleberger Gegend, dem Spenglerjochen das Prenzlauer Land, dem frommen Adolf das Bistum Lebus, dem hageren Türkenmüller den Kreis Crossen und die Niederlausitz, der Pickelmale als Frau seine Geburtsstadt Trebbin.

Und es geschah, daß jeder dieser Leute sein Testament wie einen heiligen Willen aufnahm und buchstäblich befolgte – und daß jeder wie durch Gottes Wunder in der ihm zugewiesenen Gegend reichlich stets zu leben und nie mehr zu hungern hatte. Weshalb jeder der Vagabunden, die sich später sämtlich recht und schlecht mit Mägden oder Bauernmädchen verheirateten, seinen Erstgeborenen Bracke nannte.

Der hagere Türkenmüller aber, der es in Crossen durch Weinhandel zu etwas brachte, ließ in einem seiner Weinberge eine Kapelle erbauen, in die er eine nachgeahmte Statue des Bracke stellte und an dessen Geburts- und Todestage Lichte davor entzündete wie vor einem Heiligen.

Bracke wanderte nach Schlesien und ins Gebirge hinein. Ohne andere Kleider, als die er auf dem Leibe trug: ein schmutziges Hemd, eine braune, zerrissene Joppe, eine blaue Soldatenhose dritter Garnitur, die in Hirschberg in der Herberge ein Soldat im Spiel an ihn verloren hatte.

Ruine Hermsdorf fiel bröckelnd aus dem Horizont.

Es dämmerte.

Als es dunkel wurde, sah Bracke auf der Ringmauer der Burg einen feurigen Reiter galoppieren.

Er wanderte in den Wald.

Warmbrunn lag plötzlich vor seinen Schritten. Hinter den geschlossenen Läden des Kurhauses klang Gelächter und Gläserklirren.

Ein Fenster im zweiten Stock öffnete sich.

Licht fiel über die Straße. Eine dunkle Gestalt lachte in die Nacht.

Bracke schlief im Wald unter einer Tanne ein.

Ihm träumte, die Tanne wäre ein Kirchturm und läutete. Das Geläut ihrer Glocken dünkte ihm süß und unerhört. Plötzlich schwoll der Glockenklang zu rollenden Tönen an, die ihn wie mit Hämmern auf die Stirn schlugen.

Er wachte auf.

Regen wusch sein Gesicht.

Donner grollte im fahlgrünen Frühlicht.

Er erhob sich.

Kaum war er zehn Schritte von der Tanne entfernt, die seinen Schlaf behütet hatte, als ein Blitz zischend in ihren Stamm fuhr und sie silberweiß zersplitterte.

Das Tal stieg leise an.

Der Regen stach seine Haut.

Dorf Krummhübel ließ er links liegen. Er klomm seitwärts durch den Wald nach Brückenberg empor.

Der Wald rauschte wie das Meer.

Gießbäche sprangen zwischen seine Füße. In seinen alten Schaftstiefeln floß das Wasser oben hinein und unten an den Sohlen wieder hinaus.

Eine Herde Farnhalme erregte seine Verwunderung. Er blieb stehen und betrachtete den zarten grünen Gliederbau der Pflanzen. Ihre sternhaften Arme. Ihre mädchenhafte Schlankheit.

Auf einer winzigen Waldwiese blühte Enzian.

Der Himmel ist zersprungen, dachte er. Das sind einige Scherben. Die Enzianblüten sind Scherben vom Himmel, wie wir Menschen Splitter von einem fremden zersprungenen Stern sind. Die Erde ist nicht unsere Heimat. Wir wandern fremd auf ihr, immer die Heimat mit entbrannten Sinnen suchend. Die Erde ist ein toter Stern. Sie ist kalt. Ich bin heiß. Ein Stück flammender Meteor. Ich friere in dieser jammervollen Nässe. Meine Füße kennen nur Sumpf. Meine Hände sind zerrissen vor Kälte. Blut tropft auf den Boden. Meine Augen sind mit grauen Wolken statt mit Sonne gefüllt. Mich hungert.

Wie weidende Kühe lagen die paar Häuser Brückenbergs vor ihm. Er sah, wie die Bauern behäbig den Tag begannen. Sie schlurften und schlürften hinter den Fenstern, ausgeschlafen und trotz des öden Tages heiterer Dinge, ihre dampfende Morgensuppe.

Oben am Tisch saß der Bauer, dann folgte die Bäuerin, der Großknecht, der zweite Knecht, die Großmagd und die andern Knechte, Mägde und Kinder. Sie saßen in der Ordnung, die ein unverrückbares, jahrtausendealtes Gesetz ihnen eingeprägt. Sie lebten ihr Leben nach ewigen Regeln: dumpf, treu und zufrieden. Bracke pochte an das Haus.

Die Bäuerin öffnete ihm, und er bat mit höflicher Stimme um ein wenig warme Morgensuppe.

Die Kleider zerflossen ihm am Leib.

Er schien wie ein Meergott dem Meer entstiegen.

Tang troff aus seinen Haaren. Seine Augen glänzten wie Korallen.

Die Bäuerin schüttelte den Kopf und schob ihn in die Stube.

Da saß er nun ganz unten am Tisch, noch weit hinter dem letzten Hütejungen und Stallknecht, und verzehrte mit Anstand und Ruhe Suppe und Brot, das die Bäuerin ihm mit eigener Hand vorgelegt hatte.

Er war es zufrieden, der menschlichen Gesellschaft als letzter eingeordnet zu sein, und wußte von keinem Wunsch und keinem Ziel.

Niemand sprach ein Wort, und also schien es ihm schön und natürlich.

Als der Bauer mit einem kurzen Gebet die Runde auflöste, sagte Bracke mit klarer Stimme Amen und brachte der Bäuerin in geziemenden Worten seinen Dank. Die Mägde äugten verstohlen und diebisch nach dem verwilderten Wanderer.

132

Ob er das Frühstück mit Arbeit entlohnen wolle? fragte die Bäuerin. Ein Dienst sei des andern wert.

Bracke nickte willig den Kopf.

Ein Knecht führte ihn in den Holzverschlag, und er spaltete bis zum Mittag ernst und ordentlich viele Scheite Holz. Die Arbeit wärmte ihn, und die Kleider trockneten ihm am Leib.

Zu Mittag saß er wiederum in der bäuerlichen Runde und verzehrte mit dankbarer Andacht die dicke Fleischsuppe.

Danach bat er seine Freiheit zurück, die ihm gewährt wurde, und machte sich nach einer chevaleresken Verbeugung vor der Bäuerin und einem Handdruck an den Bauern wieder auf seinen Weg.

Die Mägde sahen ihm mit offenen Mündern nach.

Das Wetter hatte sich ein wenig aufgehellt: noch fielen vereinzelt große Regentropfen.

Über den Kamm rasten pfeifend die weißen Sturmwolken.

Um die Koppe jagten wilde Windpferde. Ein Stück blauer Himmel flatterte wie eine Fahne über der Sturmhaube.

Bracke schritt den Ziegenpfad zum Gebirgskamm empor.

Er durchschritt die Zackenklamm.

Links und rechts standen Felsen, abweisend und steinern wie Menschen, innerlichst bereit, ihn zu zerschmettern und nur durch das Schicksal ihres steinernen Seins gehalten.

Der Zackenfall rauschte: Hohn, Schimpf und Gelächter sprach aus seiner Stimme. Wie kleine Steine warf er haßerfüllt Tropfen auf Tropfen bis an Brackes Stirn.

Er kletterte am Zackenfall rechts empor und gewann wieder den Wald.

Er war kaum einige Schritte gegangen, als er vor sich einen großen stämmigen Mann den Pfad erklimmen sah.

Er trat neben ihn und blickte ihm ins Gesicht.

Der andere blieb stehen, und sie betrachteten sich schweigend. Er zeigte Gewand und Manieren eines Holzhauers, ein Beil hing über seine linke Schulter. Ein braunroter Vollbart umrahmte sein schönes, wildes Gesicht. Seine großen blauen Augen musterten Bracke.

»Was wollt Ihr«, fragte der andere, »habt Ihr mich gesucht?« »Ich habe Euch nicht gesucht, denn ich kenne Euch nicht«, sagte Bracke, »auch will ich nichts, weder von Euch noch von jemand anderm. Ich will nur mich selbst, und mich dünkt, dies sei schon zuviel, da ich nur darum in dies Gewitter und in dieses Gebirge gekommen.«

»Ich glaube, wir haben denselben Weg«, sagte der andere. Seine Stimme klang wie die Glocke des Kirchturms gestern nacht in Brackes Traum. »Ich will in die Höhe.«

Sie schritten nebeneinander.

Bracke hörte einen Vogelschrei über sich in den Lüften, und er sah, daß eine Eule den Schritt des andern hoch zu seinen Häupten begleitete.

Der Wald wich und schrumpfte in sich zusammen. Verkrüppelte Kiefern waren seine letzten Verkünder und Herolde. Dann hörten auch sie auf, im Walde zu tönen, und Knieholz wucherte wie riesiges Moos über den Felsen.

Sie hatten den Kamm erreicht.

Die alte schlesische Baude lag wie ein Klotz feuchtes und faules Holz im Nebel.

Sie wandten sich der Koppe, der Spitze des Gebirges, zu.

Steine wuchsen nur noch unter ihren Sohlen.

Pferden, Ochsen und Löwen gleichend, kamen Felsen auf sie zu und drohten ihnen den Weg zu sperren oder sie mit steinernen Mäulern zu verschlingen.

Wolken wehten wie riesige Vögel mit feuchten Schwingen um ihre Stirnen.

Abgründe und Schluchten öffneten sich.

Der Sturm blies, daß sie zuweilen vor ihm wie vor einer Wand standen.

Der Holzhauer, des Weges kundig, schritt voran.

Er schritt vor Bracke wie ein großer, starker Bruder, in dessen Hut und Führung man sich wohlbefindet.

Seine Füße stampften, seine Augen funkelten, sein roter Bart knisterte, und oben, zuweilen über Wolken, zuweilen im Sturme selbst, schrie die Eule.

Eine Wolke schob sich plötzlich zwischen Bracke und den andern.

Er sah ihn nicht mehr.

Er rief.

Aber der Wind verschlang seine Stimme.

Er tastete durch den Nebel.

Wenige Schritte vor ihm gähnte ein dunkler Abgrund.

Bracke wartete, ob die Wolke verwehe.

Es mochte eine Minute vergangen sein, da zerriß sie donnernd wie ein eiserner Vorhang.

Blau, kühl und klar wölbte sich der Himmel.

Im Abendsonnenstrahl wiegte sich ein goldener Bussard.

Das Tal lag leise und bis in fernste Winkel deutlich zu seinen Füßen.

Aber vor ihm – Geröll hatte plötzlich den Abgrund überschüttet – stand auf der Spitze des Berges, die große Sturmhaube genannt, der andere: riesig und schwarz im hellen Horizont.

134

Sein Auge schien das Tal zu umfassen wie seinen Besitz. Auf seiner Schulter saß die Eule. Herrisch schwang er das Beil gegen die Tiefe. Aus seinen Augen sprang die Sonne. Seine Stirn war das Abendrot.

Er hatte die Höhe erreicht.

Bracke eilte, sich mit seinem Gefährten zu vereinigen.

Er sprang das Moränenfeld empor, achtete nicht des immer neuen Sturzes, der ihm die Knie zerschlug und die Hände blutig riß.

Sein Atem pfiff.

Der Rücken schmerzte ihn. Nadelscharfe Stiche fühlte er unter den Schulterblättern. Seine Wangen erhitzten sich im Fieber.

Schwer und unbeweglich stand der andere, in seiner Gebärde versteint.

»Bruder!« rief Bracke und streckte, herangekommen, ihm die Hand entgegen.

Da fühlte er eiskalten Stein zum Gegengruß sich in seine fiebernde Hand schmiegen.

Er erschrak, er sah empor, und er erstarrte.

Ein Felsblock, der Form und Umriß des andern trug, lauschte fühllos seinem liebenden Anruf.

»Rübezahl!« schrie Bracke und sank wehrlos und erschöpft am Felsen nieder.

Frühlingsfieber schüttelte Bracke.

In seinen Blicken sproß, neu erlöst, die Blume der Welt.

Sein Atem duftete hyazinthen.

Er griff mit den Händen nach den Wolken.

Seine Füße rannten über die Berge.

Ich will mich mit der Welt versöhnen. Der Menschen Bruder sein. Wie leicht ist es, gut zu sein und Gutes zu tun! Welche Seligkeit, Verzeihung zu erlangen! Welch größere, sie zu gewähren! Ich werde meinen Brüdern dienen im Anschauen der Vollkommenheit und meiner Schwestern frommer Hüter sein.

Grieta ist tot. Die Kurfürstin ist tot. Ich rufe ihre Angesichter vergeblich vom Himmel. Laßt mich eure Geister beschwören und fächelt mir aus den Winden eure Verzeihung zu!

Mein Vater, du bist noch auf der Welt: ehe ich kam, warst du Welt, und wieder bist du es nun, da ich in Friede und Frühling scheiden soll. Du hast mich erzeugt, du hast mich erzogen, was wäre ich ohne dich. Jahrzehnte habe ich dich vergessen, zum letzten Male will ich zu dir wandern, mit den brennenden Füßen und der rauchenden Seele des Heimatlosen: will Heimat sehen in deinem Blick und lieber Vater rufen. Vielleicht, daß ich an deiner Brust genese. Ich will ja nichts als auf den Arm genommen werden wie ein krankes Kind und dahinfließen in Tränen wie ein Strom.

Es dämmerte, als Bracke in Striegau eintraf.

Seine Knie zitterten, und er setzte sich müde auf eine Haustreppe.

Eine Katze strich an ihm vorbei.

Läuft mir eine Katze über den Weg? dachte er, betroffen lächelnd. Ist mir das Unglück so nah?

Hunde bellten aus allen Straßen Frage und Antwort.

Eine Fledermaus rauschte unterm Dunkel.

Der Marktbrunnen plätscherte wie Gesang leiser Nymphen.

Die Haustür klirrte, eine gebückte Gestalt erschien hexenhaft. »Meine Augen sind halb erblindet«, klang es vertraut, »wer seid Ihr, der Ihr hier an der Treppe sitzt?«

Bracke schoß auf wie eine Pflanze zum Licht. Er hob seine Arme wie Äste. Seine Augen wie Blüten.

»Mutter!« jubelte er erstickt, »ich bin es, dein kranker Sohn!«

Die Gestalt wurde von Krämpfen erschüttert:

»Mein Sohn, hast du uns nicht vergessen, lebst du, lebst du noch?«

»Mutter, ich lebe und lebe nur darum, daß ich noch einmal zu euch komme, euch zu sehen, zu sprechen, zu hören. Denn ihr seid die letzten Menschen dieser Erde, die ich kenne. Ich bin so arm, daß ich keinen Menschen mehr habe. Kein Weib mich mehr liebt. Kein räudiger Hund mich zum Herrn haben möchte. Mutter, wo ist der Vater, daß er mich – endlich wieder – seinen Sohn nenne?«

Die Alte erschrak.

Sie wurde zu Lehm.

Bewegte tonlos die dürren Lippen.

Ihre knochigen Hände malten entsetzliche Gemälde.

Ihre Ohren schienen nach einem bestimmten Geräusch zu lauschen.

Sie fand ein paar Worte:

»Er haßt dich ... er haßt dich ... wie den Bösen ... ich habe Furcht...«

Schritte polterten durch das Haus innen.

»Weib!« brüllte eine rauhe Stimme.

»Bracke!« betete die Alte, totenbleich.

Die Tür knarrte, und der Physikus trat in die Nacht.

»Ich suche dich, Weib, weil ich meine lange Pfeife nicht finde. Ich gab sie gestern der Magd zum Reinigen –«

Er hielt inne.

Vor ihm kniete ein fremder Mensch, die Hände vor dem Gesicht.

»Bracke«, wagte die Alte leise Erinnerung zu wecken, »Bracke, verzeih ihm, es ist dein Sohn!«

Der Greis holte tief Atem. Es schien, als sauge er das ganze Dunkel in sich hinein samt Mond und Sternen. Das Dunkel und die kleine und die große Welt, daß nur *er* übrigblieb: er allein in seiner wilden Pedanterie.

»Ich habe keinen Sohn mehr«, sagte er rauh, »der einmal mein Sohn war, ist ein Landstreicher und Vagabund geworden, den die Bauern von ihren Höfen jagen. Ist ein Dieb, ein Räuber, ein Mörder...« 137

»Vater«, wimmerte Bracke, »alles dieses bin ich, ich gestehe es: bin Vagabund und Landstreicher, ein Räuber und Mörder. Aber, Vater, ich bin Euer Sohn. Werfet nicht den ersten Stein auf mich!«

Der Physikus bückte sich und löste einen Stein, der morsch im Mauerwerk des Hauses hing.

Seine Stirne verzerrte sich. Seine Stimme quoll.

»Schert Euch zum Teufel!« – und hob den Stein und warf nach dem Sohn.

Der Stein traf Bracke, da er auf den Vater zutreten wollte, an die Stirn.

Dünnes Blut sprang und lief über Wimpern und Wangen. Er hörte den Schrei der Mutter. Das Zuschlagen der Tür. Es wurde rot vor seinen Augen, und er entlief schreiend.

Er lief durch die Stadt und warf sich auf einer kleinen Anhöhe hinter der Kirche ins Gras.

Über ihm glänzten ruhig und fern die ewigen Sterne.

Die Wiese bewegte sich im Winde.

Ein Käfer summte.

Unten die Stadt schlief wie ein Bürger nach des Tages vollbrachter Arbeit.

Was habe ich nun diesen Tag und meines Lebens Tag getan? Ich wollte heute eine gute Tat tun und wurde mit Ruten gepeitscht.

Ich bin so müde, ein Mensch zu sein. Ach, ich bin wohl keiner, sondern vom Mars nach hier verschlagen, mit sonderbaren und verwegenen Organen ausgerüstet, die für diese Welt nicht taugen. Ich habe zu große Augen, zu kleine Ohren, zu schlanke Füße, zu zarte Hände.

Er richtete sich ein wenig auf, da fühlte er wieder das Blut von der Stirn rinnen.

Ihm wurde blutrot und rot vor den Augen, und eine lange zurückgedämmte Wut brach strahlend wie eine Eiterbeule auf.

Er sprang, tanzend und singend, den Hügel hinab zur Stadt.

In der Schmiede glomm noch Feuer unter der Asche.

Er nahm einen Span vom Boden und entzündete ihn.

Wie eine Fackel trug er ihn vor sich her und lief lautlos und fröhlich durch die verlassenen Gassen: wohl ein dutzendmal machte er halt und hielt die Fackel an ein Strohdach, das tückisch zu knistern begann.

Dann eilte er wieder über den Kirchhof zum Hügel zurück.

Er stand eisern in der Nacht und wartete.

Nach kaum einer halben Stunde schossen da und dort Feuergarben wie Raketen in den Himmel. Schreie schwirrten durch die Nacht. Pferde wieherten. Kinder schrien. Männer brüllten. Häuser fielen wie Karten zusammen.

Striegau brannte.

Gepeitscht vom Wahnsinn, verfolgt zu werden, floh Bracke aus Schlesien.

Er wanderte seitwärts durch die Wälder, scheute die Landjäger und wagte sich nur nachts in die Dörfer.

Eines Abends traf er ein kaum fünfzehnjähriges Mädchen auf der Landstraße, das vom Besuche ihrer Schwägerin aus dem Nachbardorf kam.

Sie hatte einen Henkelkorb am Arm hängen, und in dem Henkelkorb lagen allerlei Naturalien und Näschereien, die ihr die Schwägerin für sie und die Eltern eingepackt hatte: Brot und geräucherter Schinken und Zwetschenmus und Kuchen.

Bracke hatte seit einer Woche nichts gegessen.

Seine Nase schnüffelte wie die eines Jagdhundes, seine Augen brannten räuberisch.

Er trat an das Mädchen und riß ihr den Korb aus der Hand.

Dann griff er wie mit Tatzen in den Korb und stopfte sich Brot und Schinken und Kuchen und Mus in den Mund.

Er fraß.

Das Mus hing ihm um seine Lippen und klebte schmutzig an seinen Fingern.

Das Mädchen stand wie gelähmt und sah ihn mit großen Augen an.

Als er gesättigt war, atmete er tief auf und erblickte das hübsche Kind.

Da kam ein anderer Hunger über ihn.

Er hob sie röhrend wie ein Hirsch in die Luft und trug sie in den Wald.

Sie wachten auf, Tannennadeln im Haar. Ihr Herz brannte im Morgenrot.

»Ich will Vater und Mutter verlassen um deinetwillen, wie es in der Bibel steht«, sagte das kleine Mädchen.

Bracke strich ihr über die Stirn.

»Du darfst nicht bei mir bleiben. Ich habe den bösen Blick.«

Das Mädchen lächelte. Glücklich. Sie berührte seine Hand zart mit den Lippen:

»Du hast einen guten Blick.«

Bracke sah ins Morgenrot.

»Sieh, Mädchen, das ist deine Zukunft, die da vor dir flammt. Und das«, er deutete in den Wald zurück, der schwarz und dunkel hinter ihnen stand, »das ist die meine. Ich habe mich verirrt. Es ist zu spät, den Weg zurückzugehn.«

Sie fragte angstvoll:

»Muß ich dich verlassen? Meine Eltern werden mich schlagen, weil ich die Nacht ausblieb.«

Bracke hielt ihre Hand.

»Du wirst noch manche Nacht ausbleiben. Und sie werden dich in ihrer elterlichen Torheit schlagen. Aber einmal wirst du eine Nacht ausbleiben und nicht wiederkommen. Da werden deine Eltern weinen und zum Himmel flehen. Und wenn sie dich je wieder finden, werden sie erschrecken, denn dann bist du deiner Mutter Kind nicht mehr, sondern eines Kindes Mutter.«

Das Mädchen neigte die Stirn:

»Wenn ich ein Kind von dir bekäme?«

Bracke lächelte schmerzlich:

»Du wirst kein Kind von mir bekommen, denn Gott hat mich zur Unfruchtbarkeit verdammt.«

Das Mädchen schmiegte sich an ihn.

»Bin ich jetzt dein Weib?«

»Du bist es.«

»Dann will ich es bleiben für alle Ewigkeit.«

Sie hob den Kopf.

»Ich bin nur ein unwissendes Bauernkind und darf dir nicht beschwerlich fallen, denn du bist der ewige Wanderer, von dem die Mutter mir im Märchen erzählte. Du bist ein Bruder Gottes und des Teufels.«

Sie stand zwischen den Bäumen, selber ein schlanker, junger Baum.

Sie reichte ihm noch einmal die Hand, die Brust, den Mund. die Augen.

Dann entschritt sie zwischen den Bäumen, plötzlich verwandelt, wie ein edles Reh.

Als sie gegangen war und er mit beiden Händen ins Leere griff, packte ihn eine grauenvolle Angst vor der Vergänglichkeit. Er sah an seinem Leibe herunter und sah sich verwesen.

Er wollte den Himmel herunterreißen und schrie:

»Nicht sterben! Nicht sterben! Daß doch ein weniges von mir bestehe! Der Nation ein Denkmal! Daß doch mein Name ein Fanal sei in der menschlichen Dunkelheit! Daß ich nur einer, wenn auch der geringste Stern sei der Milchstraße, darauf die Engel mit leisen Sandalen wandeln!«

Mit verbundenen Augen trieb Bracke durch die Mark.

Es wurde Sommer.

Es wurde Herbst.

Es wurde Winter.

Flocke auf Flocke fiel vom grau herniederlastenden Himmel.

Die ganze Erde war ein Daunenbett, in dem Bracke unhörbar auf und nieder hüpfte.

Die grauen Schneewolken wurden blau, nun schwarz.

Die Nacht stülpte ihren Kübel über die Welt.

Einsam stapfte Bracke wie ein riesiger Rabe mit flatternden Armen durch den Schnee. Er krächzte.

Da kreuzte, fahl aufsteigend, eine eingeschneite Vogelscheuche seinen Weg.

Bracke zog höflich den Hut.

Die Vogelscheuche schwankte schattig.

Sie sprach heiser wie ein alter Mann:

»Ich sollte Euch eigentlich scheuchen – denn Ihr seid ein seltsamer Vogel.«

Bracke äugte wie ein Reh.

»Wo habt Ihr denn den Kopf? Ich sehe keinen – und Ihr sprecht dennoch zu mir.«

»Ich bin froh, daß ich keinen habe. So brauche ich ihn nicht erst zu verlieren, wenn die große Stunde kommt.«

»Welche Stunde ist groß ? Ich fand sie alle klein und nichtig.«

Die Vogelscheuche krähte:

»Da Ihr selbst so klein – scheint Euch alles andere ebenfalls klein.«

Bracke befühlte die Stange, die der Vogelscheuche oben aus der Jacke fuhr und auf der ein grüner Hut schaukelte:

»Ihr habt ja einen hölzernen Hals?«

Die Vogelscheuche grinste:

»Um so besser wird er allen Stricken standhalten, falls ich mal das Gelüst haben sollte, mich aufzuhängen – ein Gelüst, das, wie mir scheint, Euch nicht allzufern ist?«

Bescheiden beschied Bracke:

»Gewiß, da habt Ihr recht. Hier an der Seite habe ich den Strick, mit dem ich ehemals meine Ziege führte. Er soll mir gute Dienste tun, Gott wird mir nicht zürnen, wenn ich den Weg zu ihm suche – herauszukommen aus dieser weißen, endlosen Winternacht. Mich friert.«

»Legt Euch nur in den Schnee«, sagte die Vogelscheuche, »der hält Euch warm.«

Bracke legte sich in den Schnee.

»Was habt Ihr denn da für ein goldenes Ding an dem Strick hängen?«

»Das ist meine ungarische Trompete.«

Und Bracke blies die paar Töne eines Chorals.

Die Vogelscheuche nickte anerkennend mit dem Hut.

»Ausgezeichnet! Könnt Ihr auch Orgel spielen, die Register ziehen, die Bälge treten?« Bracke schüttelte das Haupt.

»Nun – Ihr werdet es da oben bald lernen. Die heilige Cäcilie spielt vortrefflich Orgel – während der heilige Mauritius ihr die Register zieht und der heilige Franziskus ihr die Bälge tritt.«

Die Vogelscheuche kreischte erheitert.

»Ja, so geht es da oben zu. Bei den Heiligen. Wollt Ihr nicht auch ein Heiliger werden?«

Bracke hob den Kopf ein wenig aus dem Schnee, der ihn schon fast verhüllte.

»Ein Heiliger? Ich werde ewig die Sonne um meinen Scheitel tragen als Heiligenschein. Helligkeit wird um mich sein und Wärme in mir. Ja, mein Herr Holzhals, mein Herr Ohnekopf – ich werde mit den Engeln Würfel spielen und werde ein Heiliger werden. Sankt Peter wird mir mit der Geige zum Tanz aufspielen, und ich werde selig sein in der Seligkeit.«

Der Kopf sank ihm zur Seite in den Schnee.

Bracke kam mit einem Henker, einem Mörder, einem Abdecker, einem Narren, einem Türken, einem italienischen Conte, einem Holzhacker und einem Brandstifter zugleich an den Acheron, an die Stelle, wo Charon die Seelen der Abgeschiedenen überzusetzen pflegt.

Bracke schrie:

»Ahoi, hol über!«

Da stakte Charon, ein schöner Jüngling, mit seinem Boot herbei. Und sie stiegen alle in das Boot, das unter der Last der schweren Seelen beträchtlichen Tiefgang annahm.

Als sie in der Mitte des schwarzen Flusses waren, begann das Boot zu schwanken.

Charon schrie:

»Ich habe zu tief geladen. Wir werden alle elend untergehn!«

Da sprang Bracke auf das Bugbrett, breitete die Arme und jauchzte:

»Ich rette euch, ihr Brüder, vor der Unsterblichkeit!« Und sprang über Deck in den dunklen Fluß und ward nicht mehr gesehen – in diesem und in jenem Leben nicht.

Als ein Jahr darauf, am Todestag Brackes, der Totengräber über den Kirchhof ging, fand er Brackes Grab erbrochen.

Am offenen Sarge saß ein altes, spitzes Weib, das mit Brackes Knochen spielte und irr lallte.

»Mein Süßer«, sprach sie und drückte den Totenkopf an ihre dürren Lippen, »erinnerst du dich noch, als du in der Kugelapotheke in Berlin bei mir lagst, in jener Nacht der Ewigkeit?«

Sie schüttelte die Knochen in ihrer Hand:

»Wie mager du geworden bist ... ja ... die Zeit vergeht...«

Der Totengräber packte die Irre am Handgelenk und zog sie mit sich fort in Polizeigewahrsam. Sie warf dem Skelett noch eine abscheuliche Kußhand zu, und hinter Büschen schon entschwindend, die sie vom Anblick des Toten trennten, rief sie noch immer:

»Die Zeit vergeht...«

Sankt Jemand und Sankt Niemand, zwei Pilgrime, begegneten einander auf der Landstraße des Lebens.

Sankt Jemand sprach: »Wo kommst du her, Bruder? Du bist so betrübt.«

Sankt Niemand sprach: »Ich komme aus dem Nichts und schreite ins Leben. Und du? Du siehst so fröhlich drein?«

Sankt Jemand sprach: »Ich gehe aus der Welt, das Scheiden wird mir leicht. Ich wandle ins Nichts.«

Sankt Niemand sprach: »Bruder, die Sonne steigt auf und versinkt. Der Mond nimmt zu, nimmt ab. Frühling, Sommer, Herbst und Winter wechseln wie Tod und Leben. Du stirbst. Ich werde geboren. Wenn ich einst sterbend dahinsinke, wirst du wieder den Pilgerstab aus meinen Händen nehmen. Heilig ist das Leben. Heilig ist der Tod. Jemand ist heilig und heißt Sankt Jemand. Niemand ist heilig und heißt Sankt Niemand. Gott hält die Waage in seiner Hand: die Waage der Gerechtigkeit. Da schwebt in der einen Schale das Leben, in der andern der Tod. Sie wiegen gleich. Und also besteht nur die Welt. Und also sind nur du und ich. Ich wär' nicht ohne dich. Du wärst nicht ohne mich. Leb wohl. Stirb wohl. Wir begegnen uns immer wieder.«

Sankt Jemand und Sankt Niemand gaben einander die Hand zum Abschied. Der eine schritt bergauf, der andere bergab. Sie sahen sich noch mehrmals um. Endlich verschwanden sie zu gleicher Zeit: der eine hinter einem Felsen der Höhe, der andere tief im Tal. Die Sonne versank, und leise begann das Horn des Mondes im Abend zu tönen.

So oft ein Mensch auf dem Wege ist, zu sich selber zu kommen, fliegt die Eule von der linken Schulter Gottes, einen Spiegel in den Krallen, zu ihm hernieder: daß er darin sich betrachte und bekenne, belächle und beweine, leicht- und tiefsinnig. Weshalb dieses Buch ge-

144 nannt ist: der Eulenspiegel, und jeder in ihm findet etwas, das ihn ergötze oder erschüttere, nachdenklich oder zum reinen Klange stimme. Nimm meinen Dank auf den Weg, Leser, daß du mir bis hierher gefolgt bist, und meinen Wunsch und meine Hoffnung, daß wir uns in einem neuen Buche oder in einem neuen Leben wieder begegnen, bereit, uns zu helfen, so gut wir vermögen und soweit es in unsern schwachen
145 Kräften steht: du mir und ich dir.

Biographie

1890   *4. November:* Klabund (eigentlich Alfred Henschke) wird in Crossen an der Oder als Sohn eines Apothekers geboren.

1906   Klabund besucht das Friedrichs-Gymnasium in Frankfurt an der Oder. Zu seinen Mitschülern gehört Gottfried Benn.
Er erkrankt an Tuberkulose, die nie richtig ausheilt. Zeitlebens sind häufige Kuraufenthalte in der Schweiz und in Italien erforderlich.

1911   Abitur.
Klabund studiert zunächst Chemie und Pharmazie, dann Philosophie, Philologie und Literatur in München, Berlin und Lausanne (bis 1912). In keinem der Fächer macht er einen Abschluss.

1913   Erste Gedichte erscheinen in Alfred Kerrs Zeitschrift »Pan«. Autor und Herausgeber müssen sich danach wegen Veröffentlichung »unsittlicher« Verse vor Gericht verantworten, erlangen jedoch mit Hilfe der Gutachten von Frank Wedekind und Richard Dehmel einen Freispruch.
Die Herkunft des Pseudonyms Klabund, unter dem er veröffentlicht, ist nicht eindeutig geklärt. Ein Apotheker-Kollege des Vaters trägt den Namen, andere Deutungen berufen sich auf die Bildung aus »Vagabund« und »Klabautermann«.
»Morgenrot! Klabund! Die Tage dämmern!« (Gedichte).

1914   Anfängliche Begeisterung für den Krieg.
»Klabunds Karussell« (Novellen).

1915   »Der Marketenderwagen« (Erzählungen und Gedichte).
»Dumpfe Trommel und berauschtes Gong. Nachdichtungen chinesischer Kriegslyrik«.

1916   Wegen seiner Krankheit hält sich Klabund in Davos auf (bis 1918).
»Moreau. Roman eines Soldaten«.
»Die Himmelsleiter. Neue Gedichte«.

1917   Angesichts des Kriegsgeschehens wandelt sich Klabund zum Pazifisten.
3. Juni: Er fordert Kaiser Wilhelm II. in einem Brief, der in der »Neuen Zürcher Zeitung« abgedruckt wird, zur Abdankung

auf, um den Völkerfrieden zu ermöglichen.

»Mohammed. Der Roman eines Propheten«.

Nachdichtungen persischer Lyrik.

1918 Klabund bekennt sich in René Schickeles Zeitschrift »Weiße Blätter« zu seiner Wandlung zum Pazifismus.

»Bracke« (Eulenspiegelroman)

»Der himmlische Vagant. Ein lyrisches Porträt des François Villon« (Gedichte).

Eheschließung mit Brunhilde Heberle, die noch im gleichen Jahr nach der Geburt einer Tochter an einer Lungenkrankheit stirbt. Sie ist die »Irene« zahlreicher Gedichte Klabunds.

»Die Geisha O-sen« (Nachdichtungen japanischer Lyrik nach englischen und französischen Übersetzungen).

1919 Klabund wird wegen angeblicher Verbindung zum Münchener Spartakus und wegen »Vaterlandsverrat« und »Majestätsbeleidigung« verhaftet und kurze Zeit im Zuchthaus Straubing in »Schutzhaft« festgehalten.

»Hört! Hört!« (Gedicht-Flugschrift).

»Montezuma. Eine Ballade«.

1920 »Die Sonette auf Irene« (Gedichte).

Klabund verfasst Lieder und Chansons für Max Reinhardts Kabarett »Schall und Rauch«, die er teilweise auch selbst vorträgt (bis 1921).

1921 »Kleines Klabund-Buch« (Novellen und Gedichte).

Klabund wird Mitarbeiter der von Siegfried Jacobsohn geleiteten Zeitschrift »Weltbühne«.

1922 »Kunterbuntergang des Abendlandes« (Grotesken).

»Deutsche Literaturgeschichte in einer Stunde« (Abhandlung).

1923 »Pjotr. Roman eines Zaren«.

»Das heiße Herz« (Balladen, Mythen, Gedichte).

»Geschichte der Weltliteratur in einer Stunde« (Abhandlung).

1925 Zweite Eheschließung mit der Schauspielerin Carola Neher.

»Der Kreidekreis« wird zu einem der meistaufgeführten Dramen der Weimarer Republik. Klabunds Bearbeitung der chinesischen Fabel dient Bertolt Brecht zum Vorbild für seinen »Kaukasischen Kreidekreis« (1945).

1927 »Die Harfenjule. Neue Zeit-, Streit- und Leidgedichte« versammelt Klabunds Lieder und Chansons für Reinhardts Kabarett

»Schall und Rauch« und für Rosa Valettis »Café Größenwahn«.

1928 »XYZ« (Komödie).

14. August: Klabund stirbt im Alter von 38 Jahren in Davos (Schweiz) an seiner unheilbaren Lungenkrankheit.